我是我的光明

[美]哈本·吉尔玛 著

张朔然 译

漓江出版社

·桂林·

桂图登字：20-2021-269

Copyright © 2019 Haben Girma
This edition published by arrangement with Grand Central Publishing, New York, New York, USA. All rights reserved.
Simplified Chinese edition copyright © 2022 Ginkgo (Beijing) Book Co., Ltd. All rights reserved.

本书中文简体版版权归属于银杏树下（北京）图书有限责任公司

图书在版编目（CIP）数据

我是我的光明 /（美）哈本·吉尔玛著；张朔然译.
-- 桂林：漓江出版社，2022.6
ISBN 978-7-5407-9171-1

Ⅰ.①我… Ⅱ.①哈… ②张… Ⅲ.①传记文学—美国—现代 Ⅳ.① I712.55

中国版本图书馆 CIP 数据核字（2021）第 257391 号

我是我的光明
WO SHI WO DE GUANGMING

作　　者	[美] 哈本·吉尔玛	译　　者	张朔然
出 版 人	刘迪才	出版统筹	吴兴元
编辑统筹	周　茜	责任编辑	林培秋
特约编辑	袁艺舒　张媛媛	装帧设计	墨白空间·杨　阳
责任监印	黄菲菲		

出版发行	漓江出版社有限公司	社　　址	广西桂林市南环路 22 号
邮　　编	541002	发行电话	010-65699511　0773-2583322
传　　真	010-85891290　0773-2582200	邮购热线	0773-2582200
电子信箱	ljcbs@163.com	微信公众号	lijiangpress

印　　制	嘉业印刷（天津）有限公司	开　　本	787 mm × 1092 mm　1/32
印　　张	10	字　　数	168 千字
版　　次	2022 年 6 月第 1 版	印　　次	2022 年 6 月第 1 次印刷
书　　号	ISBN 978-7-5407-9171-1	定　　价	49.80 元

漓江版图书：版权所有，侵权必究
漓江版图书：如有印装问题，可随时与工厂调换

"世界上最美好的东西是看不见,甚至也摸不到的,必须要用心去感受。"

——海伦·凯勒

目 录

前　言　1

第一章　　　当他们带走爸爸　1
第二章　　　探险开始了　6
第三章　　　战争　15
第四章　　　性别与一头大公牛　31
第五章　　　一键接一键　43
第六章　　　山中起舞　54
第七章　　　不答应就捣乱　69
第八章　　　沙漠里的水之战　85
第九章　　　非洲之夜大冒险　92
第十章　　　对全村守口如瓶　104
第十一章　　翻越茅厕　113
第十二章　　厘清爱和控制　121
第十三章　　我父母不该读这一章　126
第十四章　　像没人看一样玩　136
第十五章　　积极的盲人哲学　144

第十六章	我不相信童话故事，除了这一个 147
第十七章	盲人果酱三明治 168
第十八章	永远不要从熊眼前跑开 172
第十九章	阿拉斯加给我的冷酷真相 189
第二十章	制造地震的小狗 194
第二十一章	爱是跟我爬上冰山 215
第二十二章	哈佛法学院第一位聋盲学生 224
第二十三章	给点颜色看看，从法律上讲 256
第二十四章	白宫《美国残疾人法案》庆典 271

后记 294

为残障人士提供更多无障碍访问的简明指南 298

关于作者 304

致谢 306

前　言

我是聋盲人，既看不见，也听不见。所以，每次对话都需要用一个名字开启。我的朋友们总是以介绍他们的名字起头。"我叫卡梅伦。""我叫戈登。"如果朋友喝多了，会说："我就是我。"

我的名字叫哈本。"哈"是"哈哈"的"哈"，"本"则带有善良仁爱的意思。

聋盲包括一连串视力和听力的丧失。你可以看见男人费力地辨认离他只有一米远的指示牌；也可以看见女人一边靠着助听器判断信号灯，一边握着白色盲杆在面前的路上试探。我生来就是聋盲人。十二岁的时候，我能走进一个房间，看到一个坐在模糊的长沙发状的物体上的模糊人形。一年年过去，我的那点视力也逐渐下降。现在当我走进一个房间，我已经看不到沙发或人，哪怕只是模糊的形状。

我的听力也步了视力的后尘。我出生时几乎没有低频听力，只能听到一些较高频的声音。语言能力依赖于高频辅音，所以我自然而然地学会了用更高的音调说话。在我十二岁时，我的父母坐在我旁边说话，如果说得又慢又清楚，我能够听到他们的声音。而现在，我和他们在科技的帮助下交流，例如键盘、盲文计算机。

这本书详细介绍了我试图与世界建立起联系的冒险经历：在非洲马里建立一所学校；去阿拉斯加攀登冰山；在新泽西州和我的导盲犬一起训练；去哈佛学习法律；还有白宫，在那儿我和奥巴马总统度过了奇妙的时刻。和大部分回忆录不同的是，书中的故事都是用现在时态来写的，虽然这些美好又惊奇的经历发生在多年以前。

第一章　当他们带走爸爸

埃塞俄比亚，亚的斯亚贝巴。1995年夏天。

两个身穿制服的人走上了飞机，在我爸爸面前停了下来。我坐在爸爸边上的座位上，竭力看着他们模糊的身影。他们的语调短促有力，让我想起被蚊子叮咬的感觉。

爸爸解开了他的安全带。"我得跟他们走一趟。"他告诉我。

那两个人护送他下了飞机。我那时七岁，第一次孤身一人。

我使劲盯着过道。在我大约一点五米的视力范围内，有一个人拉着箱子走过，两个孩子背着背包走过。

我靠在座椅靠背上，闭上了眼睛。我们原本是要坐这架飞机在伦敦转机回美国的。我在加州奥克兰出生成长。爸爸在埃塞俄比亚长大，所以我们来此度夏。妈妈和姐姐计划在这里多玩两个星期再回美国。

夏天的记忆在我脑海中萦绕：和 TT，以及邻居家孩子一起玩耍；和妈妈一起做葡萄干面包；和爸爸一起在红海里游泳……

我睁开眼睛，又盯着过道。没有人走过。大家都上了飞机。

已经快过去一个小时了，爸爸为什么还没回来？

不安的情绪像一条看不见的铁链紧紧箍住我的喉咙。疼痛从颈部一直蔓延到脑袋。我一直在深呼吸，努力保持乐观。

广播里突然宣布了一条消息，可我只能听到模糊不清的杂音。我的脉搏陡然加速。

自打有记忆起，我就一直耳闻埃塞俄比亚士兵导致厄立特里亚人家破人亡的故事，比如我妈妈曾因拒绝唱歌而被送进监狱之类的。三十年战争[1]期间，生活在埃塞俄比亚的厄立特里亚人首先成了靶子。不过战争已经在 1991 年结束了，现在的埃塞俄比亚对于来访的厄立特里亚人而言，

---

[1] 指厄立特里亚独立战争，时间为 1962~1991 年。厄立特里亚（Eritrea），位于非洲东北部，南邻埃塞俄比亚、吉布提。阿斯马拉是其首都，是一座被列入世界遗产名录的历史名城。1962 年，埃塞俄比亚皇帝强行将厄立特里亚划为第十四个省，引发了这场三十年战争。1993 年 5 月，厄立特里亚正式宣告独立。——本书注释均为译注

理应是安全的。他们到底为什么带走我的爸爸?

这个疑问盘旋在我心中,就像肚子被狠狠打了一拳,折磨得我精疲力尽,喘不过气来。疼痛在我的全身蔓延。

我们是美国公民,为什么还要被迫与家人分离?

我盯着他的空座位。他走了。我摸了摸座位,尽管我知道,他走了。我的手摸到了安全带。他的安全带。长长的,光滑的皮带与锋利的金属搭扣形成鲜明对比。金属搭扣也没能保证他的安全。

机身发出一阵强烈的震动。引擎启动了,颤动着我从脚底到脖颈的每一根神经。

我的喉咙和胸口都感到灼烧般的痛苦。颧骨紧绷,呼吸都痛。鼻腔费劲地吸气,好像得了感冒一样。

我需要爸爸。在这个世界上谁能帮我指引方向?当我在伦敦着陆时,谁能告诉我如何搭乘下一班飞机?我甚至不知道我妈妈在阿斯马拉的电话号码。

一位空姐的身影隐约出现在我的座位旁。咕哝,咕哝,咕哝。她俯身凑到我旁边。咕哝,咕哝,咕哝。

我的嘴巴动不了。我的喉咙像被卡住了。疼痛让我的肌肉都僵硬了,只有我的泪水簌簌掉落。

空姐又开口说话了。咕哝,咕哝,咕哝。

我瞪着她,祈祷她能听见我脑子里的念头:把我爸爸带回来。

她直起身来，转过身走开了。

另一个空姐站在过道的最前端，从她手臂的动作，我可以看出她正在演示安全程序。太晚了。我从未感到如此不安全。

我的手捏紧了爸爸用过的安全带。我的手指感觉到金属搭扣上有湿湿的液体。那是我的眼泪。

一个人冲上过道，冲进我旁边的座位里。他回来了！

我试探性地吸了一小口气，强迫自己放松下来。当我张开嘴呼吸的时候，疼痛沿着我的下颚弥散开。

没有什么能真正保护我免受世界的暴力。我的家人不能，美国公民的身份不能，甚至盲人青少年的自我防御课程也不能。我就像每一个普通人一样脆弱。我爱的人随时都有可能被带走，我也是。

当我们抵达伦敦时，我爸爸带领我走向下一个登机口。我们在座位上坐定，等待飞往美国。我终于鼓起勇气问他："他们为什么要把你从飞机上带走？"

"我不知道，不过现在没事了。"

我摇摇头。"告诉我，我能承受。"

他从旁边座位上拿起一本杂志，一页页翻阅。"我也不知道，真的不明白。"

"好吧……那么究竟发生了什么?"

他叹了口气。"他们问我是不是基丹的儿子。我告诉他们是。然后他们让我填写一些文件资料。飞机就要起飞了,所以我趁那些家伙不注意的时候就赶紧跑回来了。我也不知道那是怎么一回事。"

我的眼睛湿润了。我深深吸了一口气。"我很高兴你终于回来了。"

他搂住我的肩膀。"我也是,哈本尼耶[1]。"[2]

---

1 哈本尼耶是爸爸对哈本的爱称。
2 这件事发生于1995年,第二次埃塞俄比亚-厄立特里亚战争爆发前夕。这是一场从1998年持续到2000年的战争,后来平息至非战争也非和平的紧张状态,直到2018年两国就共同边界问题达成协议。

第二章　探险开始了

加州，奥克兰。2000年秋天。

"我不想告诉你这件事，孩子，但你这门课没及格。"

我不敢相信我的聋耳朵听到了什么。我抬头看着这位我既崇拜又信任的老师，斯科特女士。我们现在在布雷特哈特中学的盲生资源室。这间教室为学校的七位盲人学生提供了盲文书籍、盲文打字机、盲文压印机、装有辅助软件的电脑、放大镜，甚至还有盲文版的大富翁和UNO牌。有一段时间，我们每天都轮流在资源室工作。其他时间，我们和非残疾的同学一起上普通班的大众课程。

斯科特女士和她的助手帮助老师们确保课程对我们不会造成障碍。每当老师布置完阅读作业，斯科特女士和她的团队会根据每个学生的需求，帮助他们把作业转换为盲文、音频或大号字体。她还为我们的通识教育课程补充了失明训练。她教给我们各种技能，如阅读盲文、靠触摸识别硬币、靠折叠钞票来辨别面值，以及使用放大软件或文本语音转换软件上网。

斯科特女士坐在我旁边，再次努力解释："史密斯先生让我把你的阶段考试报告翻译成盲文。我会帮你翻译，不过我想我们最好现在就谈谈。上面说你有很多家庭作业都没有完成。"

"但我做了所有作业，所有的家庭作业！"我的胃因愤怒而揪在一起。

"我只是告诉你，报告上是这么写的。"

"我从来都做作业，一次都没漏过。也许这是别人的报告？"

"对不起，哈本，但上面有你的名字。"

我的脚踢着地，在椅子上坐得更直了。"那我也不知道了。这说不通，所有作业我都做了。"

"没事的，孩子。我站在你这一边，我知道你学习很努力。我们把这件事谈开就好了。你记得哪怕一次没有做作业吗？"

"不，我没有。"

"我想你也不会的。我们来问问史密斯先生吧。"

我点点头，急得说不出话来。我的潜意识发出了警报，史密斯先生的课有什么让我感到紧张不安。

"我去打电话看看他还在不在。"斯科特女士走向她的办公桌。当她在我的听力范围外说话时,她的声音听起来沉闷而模糊。

我的手放回面前的盲文书上。"南希·德鲁,一个聪明勇敢的女人,在可怕的境况中昂首阔步,似乎毫无畏惧,她是我心目中的英雄人物之一。"我一边用手指滑过盲文点字,跟随她踏上一次冒险旅程,一边试图忽略沿着脊椎上升的恐惧。

斯科特女士回到桌边。"他现在有空,我们过去好吗?"

我紧紧地咬着牙,迈着犹豫的步子,跟斯科特女士走到门外。

她在大厅左转,走廊里有一股子发霉的老建筑气味。我跟在斯科特女士身后艰难跋涉,心脏一直在怦怦跳。很快,我们穿过了一片庭院,和风裹挟着桉树的香气,这味道让我想起家里人用的通鼻剂。

她放慢速度,走在我身边。"你的侧手翻练得怎么样了?"

我的脸上闪现出一丝微笑。当我告诉她我的梦想就是最终能掌握这项动作时,她主动提出要帮助我,我们用了整整一节课的时间在学校体育馆练习。"哈本,把你的腿踢高一点!哈本,把你的腿伸直!哈本,继续努力!"

"我的腿没法伸过头顶啊。"

"前几天你都快做到了。继续练习,我知道你能做到。"

我脸红了,为自己的失败感到难堪。另一个盲人学生四年级就可以做侧手翻了。斯科特女士学会侧手翻已经二十多年了。而十二岁的我,还在面临挑战。"我会练习的。"我嘟囔着。

斯科特女士真是个了不起的老师,总是给我们的课程带来层出不穷的惊喜。去年她向我介绍了热苹果酒,味道美妙极了,还有蛋奶酒,这个倒是不怎么好喝。她帮我向国家盲文和有声书图书馆登记,教我如何订阅《哈利·波特》。学校的盲文阅览室太小了,在国家图书馆我才能借阅到这些书。

斯科特女士轻快地走进史密斯先生的办公室,在他桌前停下了脚步。我在她身旁停下来。

史密斯先生边走边说话。他的话模糊成听不清的低音。

"你是认真的吗?"斯科特女士问道。

咕哝,咕哝。他的回答听起来像德语。一些声音传来,让我知道他在说话,但还不足以识别他在说什么。

"不会吧!"她忽然大笑起来。

我的膝盖在发抖。他们是在笑我吗?我看看他,又看看她,想听清他们的对话。

史密斯先生清了清嗓子。"那么,我能帮到你什么吗?"

"哈本想问你一个问题。"斯科特女士告诉他。

"是吗?"史密斯先生那模糊的高个儿正站在我面前,等着我回答。

我咽了口口水。"报告里说我没有交作业,但我的确交了所有作业。"

"我能看看吗?"史密斯先生从斯科特女士手中接过报告,"大约缺了十份作业。你读过并且回答第四章的问题了吗?"

"我……我以为你跳过了第四章。"

史密斯先生的回答我听不清。

"我在想,"斯科特女士插进了我们的对话,"你是怎么布置作业的?"

"我通常写在黑板上,但也大声念出来。"

"好吧。"斯科特女士想了想,"你大声念的时候是站在教室前方吗?"

"有时候是。取决于我当时的位置。有时候我在书桌旁布置作业。"

"哈本,你能听见他在书桌旁边说话吗?"

我摇摇头。我的座位在教室前排,面向黑板。史密斯先生通常站或坐在教室最前面。可他的书桌在教室后面靠近门的地方。

"所以事情就是这样。哈本根本不知道这些家庭作业，因为她没有听到。"斯科特女士的声音听起来很平静，毫无批评之意，"哈本，为了确保知道作业，你能做些什么？"

"嗯……我可以在课后问其他同学……我可以直接问史密斯先生……"

斯科特女士转而把问题抛给他："你认为这样行吗？"

"当然。有任何问题你都可以来问我。不过，我倒是有个问题想问问你。为什么你不用助听器呢？"

"助听器对我这类型的失聪起不了作用，我试过。"我害怕得嗓子一紧。我的听觉矫正医生解释说，我的失聪和典型的失聪截然不同，市面上的助听器并不是为了帮助我这种类型的病人而设计的。人们相信她的说法，可当我解释时，人们会怀疑我只是个固执的小屁孩儿。

"明白了。"他说。

安静。

"哈本，"斯科特女士说，"你有没有想过补齐那些你错过的作业？"

"有可能吗？"我的声音充满希望，"我能补交作业，并且拿到学分吗？"

"当然，如果你在下周五之前完成，就可以得到学分。"

"我会的！谢谢。"

回到资源室，斯科特女士忙活起来。"好了，孩子，我要为你把这张单子转成盲文——坐下吧。"她走到盲文压印机旁的电脑前，电脑上的软件可以将文字转为盲文，然后传到自动压印机上，压印机将圆点打在厚厚的纸张上，大功告成。

我滑进椅子里，把脑袋靠在叠放在桌上的胳膊上休息。拜访一趟史密斯先生让我精疲力尽。显然，认为老师一定会把必要的信息传达给我是想当然。如果想要成功，我就得努力抓住每一个视觉上的细节和每一句说出口的话。每一次都得抓住。

三小时后，我又回到了史密斯先生的历史课上。坐在书桌旁，我的手指在面前的盲文书上飞快掠过。我的指尖触碰到的每一行、每一个词、每一个字母，都瞬间进入我的脑海。没有压力，没有挣扎，实实在在的触感让阅读成了一种全身心的体验。

我知道自己正在错过全班朗读，也听到了三十个躁动不安的小屁孩儿朗读的声音。三十张小脸盯着三十本一模一样的书，也许有那么几次彼此偷偷交换眼神。我知道此时此刻，在奥克兰的街道上，无数不同的风景和声音正像走马灯一样掠过。感官景象在全世界蔓延开来——红杉树的赤褐色树皮，夜晚熠熠生辉的大本钟，维多利亚瀑布气势恢宏的咆哮,新加坡街头的人声鼎沸。还有味道、气息和质感。世界是一道热气腾腾的感官大乱炖。

我喜欢我听不见、看不见的世界。很舒服,很熟悉。感觉不到渺小或有限。这就是我所知道的一切,这就是我的常态。

叮!学校的钟声意味着下课了。教室里突然爆发出一片嘈杂声,孩子们在移动椅子,把课本塞进书包,大声嚷嚷着接下来要做什么。

我把书放进背包里准备离开。等等,有作业吗?我没听到老师布置任何家庭作业,所以今晚没有作业,对吗?如果我没听到,那就没有。如果我没看到,那也没关系,对吗?

我的身体开始紧绷。当我告诉斯科特女士我会向同学询问家庭作业时,我没有考虑到这将是什么样的感受。我在这儿没有朋友。我感觉不被人需要,感觉在被容忍。向他们询问作业恰恰会验证他们对我不高的期待。

努力克服了恐惧,我打算无论如何还是这么做。有个同学就坐在我后面,我便在座位上转过身去。她正起身准备离开。和着学生离开教室的嘈杂声,我根本听不见她说话。"再见!"我只得长话短说。

同学们离开了。教室安静下来。我滑下座位,背上书包。我知道自己应该走过去问老师是否布置了家庭作业,却又想在他布置作业前赶紧溜走。我可不想要什么家庭作业，但我也不想落下太多。

当我走近老师的书桌时，我扫视整个房间，寻找一个高大的身影。什么也没有。我在书桌前停下脚步，身体里的每个细胞都在告诉我，赶紧溜。我强迫自己发出声音："你好？"没有回应。

我觉得膝盖发软，想把背上的书包放下来，因为不知道还需要等待多长时间。当我告诉斯科特女士我会向其他同学问作业的时候，我没有预料到试图向一个我看不见也听不见的人求助有多么令人沮丧。

一个高大的身影从教室的另一边大步流星地走过来。"你是来问作业的吗？"

"是的。今天有家庭作业吗？"

"阅读第十八章，回答问题一到四。"

"好的，谢谢。"离开教室时，我的肩膀被沉重的书包压垮了。

这是一间可视听教室，一座可视听学校，一个可视听的社会。这里的一切都是为可视听的人设计的。在这样的环境里，一个看不见也听不见的人就连最基本的信息都很难获得。在这样的环境里，我是一个残疾人。假如我想表现出色，我就得走出舒适的小世界，融入他人的天地。

第三章 战争

厄立特里亚，阿斯马拉。2001年夏天。

在厄立特里亚首都阿斯马拉的外祖母家，客厅里充满自家煮咖啡的香气。烘焙咖啡豆的烟在屋里萦绕盘旋，从开着的窗户飘散出去。外祖母阿维耶用平底锅烤过豆子之后，放进"杰贝纳"——一种厄立特里亚传统咖啡壶——里煮。这是一种陶瓷容器，球形底座、长颈、短柄，方便在倾倒这种提神液体时抓在手里。

现在是咖啡时间，房间里充溢着愉快聊天的嗡嗡声。十二岁的我和父母一起坐在沙发上。我爸爸的名字叫吉尔玛，这也是我姓氏的来历。厄立特里亚人和埃塞俄比亚人传统上用爸爸的名字作为孩子的姓氏。吉尔玛的意思是"个人魅力"，在厄立特里亚的提格里尼亚语中读作"吉尔迈"，在埃塞俄比亚的阿姆哈拉语中读作"吉尔玛"。两种发音都可以。我妈妈的名字叫萨巴，以坚强勇敢的示巴女王命名，她曾远赴古老的耶路撒冷寻求知识。传说所有的厄立特里亚人和埃塞俄比亚人都是所罗门王和示巴女王的后代。人们告诉我，萨巴看起来就像一个女王。

客厅里爆发出一阵大笑。我父母的笑声把沙发垫震得直抖。他们继续谈笑风生，声音在房间里来回跳跃穿梭。

房间里围坐着另外七个家庭成员。我的妹妹TT正在帮阿维耶倒咖啡。她九岁了，比我小三岁。我的姨妈罗玛、塞拉姆、塞内特、希维特和艾尔莎也在房间的某处。阿维耶和姨妈希维特以及舅舅特米，常年住在这所房子里。艾尔莎住在荷兰，我们其他人都住在美国。我们争取每隔三年就在阿斯马拉举行一次家庭团聚。

一个姨妈笑起来，声音起伏像鸟鸣。这激起了我的好奇心，让我渴望加入他们的谈话。我听不清每个人的声音。他们的说话声交织在一起，就像是粘上口香糖的头发，扯开了这一绺，那一绺又缠上去。不同的语言让辨认难上加难。百分之七十是提格里尼亚语，百分之十五是阿姆哈拉语，剩下的则是英语。

我觉得很无聊，一种困惑的、"在人群中孤独"的无聊。我拉了拉萨巴的胳膊。"我能走吗？"

"不，我要你和我待在一起。你为什么不和我们说说话呢？"

"我不明白他们在说什么。"

"那么你应该问。我们可以解释给你听。"

挫败感在我身体里翻涌,有沸腾的危险。突然间我好像又回到了学校那间教室,被迫做其他人不必做的事情,仅仅为了不被落下。我不安地在座位上挪动身体,试图保持冷静。"不是那么简单,你们的聊天我已经错过太多了,我都不知道话题是什么。我能去拿本书看看吗?"

吉尔玛在我的左边低声道:"你妈妈刚才说她以前叫自己埃塞俄比亚人。"

我震惊得双眼圆睁。

"别听他胡说,"萨巴对我说道,"我是厄立特里亚人。"

我的好奇心不会轻易放过这个机会。"我知道你是厄立特里亚人,但你真的曾经自称埃塞俄比亚人吗?"

"在学校,是的。因为战争。"埃塞俄比亚曾占据了位于它北边的小小邻国,但厄立特里亚并不想成为它的一部分,因此打了三十年的独立战争。到1991年,战争才结束。两年之后,世界承认厄立特里亚为独立国家。

萨巴继续说:"埃塞俄比亚人控制了学校,我们在学校不得不说阿姆哈拉语。但在家里,我们说提格里尼亚语,称自己为厄立特里亚人。

"在我十几岁的时候,我们住在厄立特里亚的另一个城市，门德费拉。我爸爸是一名警察，上头把他从阿斯马拉调到门德费拉来。在那里的高中，我是一个乐队的成员，我们到处旅行，唱嘲笑厄立特里亚自由战士的歌。"

我困惑得五官都扭曲了。"你嘲笑厄立特里亚人为自由而战？为什么？"

"我们别无选择，"她说，"士兵们来到学校，强迫我们这么做。他们从我们的学校选了差不多二十个学生，让我们加入这个乐队，还给我们歌词，逼我们记住。我们曾走遍厄立特里亚各地的村庄唱歌，有一天来到了我爸爸的村子，那里的村民不喜欢我们，他们感到被侮辱了。我们也是厄立特里亚人。这么做是不对的。但士兵们说：'唱吧，不然就进监狱。'这就是我们唱歌的原因。"

我颤抖着提高音量："那之后发生了什么？"

"我们受够了，对士兵们说'不'，我们拒绝再唱歌。"

一个"不"字，一个想法，一份大胆的自由宣言。不，她不会唱歌来侮辱她爸爸的村庄。不，她不会为一个伤害她同胞的组织效劳。不，她将不再隐藏自己的身份。

"士兵们把我们送进了监狱。头两天不给我们食物，他们问：'你们唱不唱？不唱就没有吃的，你们会一直待在牢里，别想出去。'我们饿得要命——饿极了！两天后我们崩溃了，告诉他们，我们唱。一周后，他们终于放我们出去了。"

女孩们因为拒绝唱歌就被送进了监狱。这种不公正的行为激怒了我。"经历了这一切,你怎么还能继续唱歌?"

"我们虽然唱歌,但是在心里偷偷计划成为抵抗军的战士,或者去苏丹。"

"可你们不是在读书吗?你们不能学习成为一名医生或者别的什么吗?为什么只有这两个选择呢?"

"因为当时在打仗,我们没办法去学校学习,很多时候都只能躲起来。埃塞俄比亚人会在凌晨五点进行空袭,飞到门德费拉上空投掷炸弹。他们炸了几个月——每个人都会早早起床,逃离城市躲进丛林里,等到晚上轰炸停止了再回家。有时我们假装只是出去野餐。阿维耶给我们做饭,我们在树林里玩耍。一天结束后就回家,心里想着不知道我们的房子塌了没有。

"即便到了学校,我们也总在担心战争。我们不会想:'哦,我要学习成为一名医生。我要学习成为一名律师。我要学习成为某个大人物。'我们只会想到战争。当时,高中毕业后只有两个选择:要么当兵,要么就去苏丹。"

"你考虑过当兵吗?"我问。

"我考虑过,"她说,"我的几乎一半同学都加入了战斗,男孩女孩都有。但我的一个朋友警告我别去,她遇到了可怕的事情。她不肯告诉我到底发生了什么,她不想谈论这件事,只是不停地说:'真的很糟糕,别去。'所以,我、我的朋友,还有一个表亲,决定去苏丹。"

"哈本,快吃吧。"阿维耶拿了一盘点心给我。她穿着齐踝的印花长裙,戴着长长的白色奈特塞拉,一种传统头巾。大多数年长的妇女都会戴这种头巾。我家里其他人都不戴头巾,所以这是我辨认出阿维耶的线索之一。

"谢谢。"我伸出手,摸到了托盘上的一块点心,像是奶油夹心三明治。我咬了一口,尝到了诱人的肉桂味道。在美国,我可以通过触摸辨认出许多美味点心,但在这里,几乎每一个小点心都是一个全新的发现。现在阿维耶把盘子拿走了,肉桂的味道开始和周围的咖啡香气抢占风头。也许几个礼拜以后我靠触摸就能知道这里所有的食物了。

我转回萨巴。"去苏丹是什么情况?"

萨巴端起小小一杯咖啡,啜了一口。"我们连离开阿斯马拉都不被允许。埃塞俄比亚士兵控制了这座城市,有任何人想离开都得得到他们的允许。我和大约二十个陌生人一起,我们都想躲避战火。我们告诉士兵,我们要去离阿斯马拉大约三十千米的一个村子探亲,他们发了许可证。我们乘大巴去了这个叫哈拉尔的村子。那天晚上我们和一个走私犯碰头,在他的帮助下走到了苏丹,路上花了两个星期。为了躲避埃塞俄比亚和厄立特里亚的士兵,我们只能在晚上赶路。一天晚上我们走在两座山之间,一边是埃塞俄比亚,一边是厄立特里亚,他们朝彼此射击,我们为了躲子弹不得不抱头逃窜。"

"那个走私犯,他人好吗?"

"不!"萨巴笑起来,"他可太糟糕了。如果有人累了,他就会说:'我就把你留在这里喂鬣狗好了。'我们累极了!第一个礼拜过去,我的鞋就散架了,剩下的路我只能光着脚走。他一点也不在乎,还嚷嚷着如果我们跟不上他是不会管的。

"这个走私犯告诉我们,如果我们付钱,他就弄一头骆驼来帮我们驮行李。我们都是背着全部家当离开的,所以真的很需要那头骆驼。我们给了他一些钱,每天晚上他都说会买一头骆驼。"萨巴叹了口气,陷入回忆,"我们从未见到什么骆驼。"

"可是,萨巴——"

"别叫我萨巴,叫妈妈。"

我涨红了脸。"可我已经长大了。"

吉尔玛附和道:"你该叫我们'妈'和'爸'。"

"别,那让我听上去太老了!"萨巴用她的胳膊环绕住我,把我拉到她的怀里,"我可不希望你这么快就长大。"

每当我想飞向自由,萨巴的胳膊就会把我搂得牢牢的,现在如此,以后也会这样。"那你希望我怎么叫你?"我问。

"嗯……那就萨巴吧。"她颤着身子发出爽朗的大笑。我跟着笑起来。吉尔玛也禁不住咯咯地笑。

等笑声消停了,我催着让她把故事讲完:"走私犯说的鬣狗会吃掉你们,是真的吗?"

"哦!你知道发生了什么吗?"她松开抓着我的手,陷到沙发里,"第三天晚上我们正在赶路,突然两只鬣狗跑来围着我们团团转。走私犯说:'别跑!如果你们跑,它们一定会追。待在一起!'但我和朋友都很害怕,我们跑向附近的一棵树,鬣狗紧跟着追来!天哪,它们的眼睛太可怕了!我们爬到树上,鬣狗就在地上瞪着我们。"

听到这里,我紧张得心跳加速。

"其他人朝着它们尖叫,最后把它们赶走了。"她接着说,"有一次我们不得不渡过一条河——河水到我胸口这么高。"

"那你是怎么过河的?"我疑惑地看了吉尔玛一眼,看他会不会趁机开个玩笑。我们去红海的时候他曾试图教会她游泳。

"走私犯带了绳子,我们把彼此绑在一起,虽然很害怕,我还是强迫自己过了河。

"因为是雨季,当地的蚊子铺天盖地。我们当中有一半的人都得了疟疾。事实上我们都得了,但是有些人直到抵达了苏丹才感觉到症状。有个女孩没能撑过来,她病得走不动路,男人们抬着她走。但快到边境线的时候她还是死了。在边境,我们这群人被一个厄立特里亚抵抗组织抓住了,他们想让我们加入,但我们说:'你看,我们又累,又饿,还都得了疟疾。我们根本没法战斗。'所以他们放过了我们,第二天晚上,我们就赶到了苏丹的卡萨拉。

"所有住在卡萨拉的厄立特里亚人都很团结。我的一个朋友在那里有家人,所以他们让我和他们住在一起。每一个厄立特里亚家庭都收留了几个难民睡在自己家的地板上和后院里。苏丹人也十分友好。他们帮我找了份工作,我在一家服饰店打工。我在苏丹住了差不多十个月,然后天主教会帮助我来到了美国,他们先把我送到了达拉斯,我讨厌那里的天气,所以搬去了湾区。"

萨巴在湾区遇到了我的爸爸吉尔玛,他们通过当地的厄立特里亚-埃塞俄比亚社区找到了彼此,这是一个很小但非常紧密的群体。两年后的1988年7月29日,我出生了。

"我在想……"我脑子里艰难地想着怎么准确表达这个问题,"吉尔玛是埃塞俄比亚人,你是怎么看这件事的呢?"

"他不是。他是厄立特里亚人。"她的语气似乎有点生气。

我诧异地看了一眼吉尔玛,他没有说话,像是鼓励我说下去。"不,他不是——他出生在埃塞俄比亚!"

"他是厄立特里亚人,"她坚持说,"他爸爸出生在厄立特里亚。"

"我能说句话吗?"吉尔玛发声了。

"可以,你说吧。"我说道。

"我的确在埃塞俄比亚出生长大——"

"你爸爸是厄立特里亚人,"萨巴插话进来,"所以,你也是厄立特里亚人。"她叹了口气,"我知道你想说什么,哈本,我也有很多朋友是埃塞俄比亚人,他们和其他人一样,人民不是战争的始作俑者,政府才是。"

"我能说话吗?"吉尔玛又一次尝试。

"可以。"

"我在埃塞俄比亚的首都亚的斯亚贝巴出生和长大,"他说,"那是我成长的地方,我对那儿很有感情,我的兄弟姐妹还在那里,那也是我的家。但与此同时,我也是厄立特里亚人。我的爸爸在厄立特里亚北部的克伦出生长大,每年夏天都会带全家回那儿度假。我和兄弟姐妹们会去山里远足,在湖里游泳,追赶狒狒。我会说厄立特里亚的语言吗？是的。我在厄立特里亚有朋友吗？是的。我同情解放组织吗？是的。但是正如我告诉你的，我也爱埃塞俄比亚。你没法隐瞒这份感情。你出生在哪里，它就是你生命的一部分。"然后，吉尔玛问我，"你会如何定义自己的身份呢，哈本？你是哪个国家的人？"

"当然是美国人了！"我为这个简单明了的答案感到洋洋自得。

"你也是厄立特里亚人。"萨巴纠正我的说法，"你的父母都来自厄立特里亚，所以你是厄立特里亚裔美国人。"

"既然如此，那我也是埃塞俄比亚人啰。"我忍不住故意激她。萨巴与埃塞俄比亚的复杂关系深深吸引了我。恐惧和宽恕之间的跨度如此之大，令我想要了解事情的来龙去脉。

"是的，"吉尔玛回答，"你是美国人，也是厄立特里亚人，也是埃塞俄比亚人。"

我直直地盯着萨巴，希望她能说些什么。虽然看不清她的面部表情，但我的直觉告诉我，对此她有自己的看法。

"你的名字叫哈本！这是个厄立特里亚名字。"萨巴宣布。

"这是个提格里尼亚语名字，"吉尔玛指出，"埃塞俄比亚人也说提格里尼亚语。"

萨巴挥了挥手。"只有在埃塞俄比亚的提格雷地区，人们才说提格里尼亚语。但这不是重点。哈本的意思是'骄傲'，意味着我们捍卫了自由。埃塞俄比亚有四千八百万人，厄立特里亚只有三百万人，他们想摧毁我们，可我们拒绝让步，而且，我们赢了！"她激昂地提高音调，"我们获得了独立！"

"哈本，你需要明白的是，"吉尔玛继续解释道，"厄立特里亚的斗争是正义的，一个强大的邻居试图粉碎一个弱小的邻居，并且不许它发声。你不必是厄立特里亚人，也能够明白厄立特里亚人的遭遇。不管你是美国人、德国人，还是越南人，你都能理解一个弱小的群体为了自由而与一个更强大的群体斗争的故事。埃塞俄比亚政府对厄立特里亚人的所作所为是非正义的。"

"你在亚的斯亚贝巴长大的时候，知道战争这回事吗？"我问。

"不，几乎不知道。当时，战争只发生在厄立特里亚，而我和埃塞俄比亚人一起长大——"

"当你回到克伦时，你就知道厄立特里亚发生的事情了。"萨巴提醒他。

吉尔玛继续说："当我在埃塞俄比亚的时候，那里的文化，那里的人，说话和写字都是用阿姆哈拉语。埃塞俄比亚政府声称厄立特里亚是我们的一部分。但当我们一家人来到厄立特里亚的时候，却感觉这是一个完全不同的国家。比方说，人们说提格里尼亚语，而且当时的确在打游击战——不过我太年轻了，知道得太少。我们会去克伦，远足，游泳，和朋友一起玩。我对政治一无所知。后来当我长大后才听说埃塞俄比亚士兵焚烧村庄，伤及无辜，我知道这是不对的。"

"当时在打仗，你是怎么越过边境线的？"我说出了疑问。

"那个时候，厄立特里亚是埃塞俄比亚的第十四个省，我们去那里不需要许可证，就像从加州去内华达州一样。战争始于1961年，但直到七十年代才升级成全面战争，那会儿我已经在加州上大学了。"

"埃塞俄比亚的学校是什么样子的？"

"我上的是圣约瑟夫，一所天主教学校，我们的老师很棒。海尔·塞拉西的孙子也上那所学校。"

海尔·塞拉西是埃塞俄比亚的最后一任皇帝。他的全名简直又长又拗口："犹太族的雄狮，海尔·塞拉西一世陛下，埃塞俄比亚万王之王，天选之子。"海尔·塞拉西的血统可以追溯到古代以色列国王所罗门和示巴女王的儿子孟尼利克一世。第二次世界大战之后，他命令军队阻止厄立特里亚走向独立自决。1975年他去世之后，两国之间的战争又持续了十六年。

"我们学校一座新楼落成的时候，海尔·塞拉西还来过。我们全体集合听他发表演讲。他鼓励我们继续读书——他一直很支持教育事业。然后他给大学毕业生颁发学位证书，我的妹妹萨巴就从他手中拿到了证书。他还曾给我爸爸颁发过奖章，因为他是阿本亚。"

"那是什么？"

"阿本亚的意思是英雄、爱国者。第二次世界大战期间，埃塞俄比亚、厄立特里亚和索马里是意大利的殖民地。我爸爸当时是吉布提的一名商人，他帮助海尔·塞拉西这一边传递关于意大利军队的信息，他们在做什么，驻扎在哪里，用什么武器，诸如此类。海尔·塞拉西能把意大利人赶走，他也有一份功劳。意大利人禁止厄立特里亚人和埃塞俄比亚人接受五年级以上的学校教育，并且禁止他们和意大利人一起走在道路的同一边。你的祖父带领一群年轻人在厄立特里亚抵抗意大利殖民统治。他就是我们所说的阿本亚。"

"哇，我真希望我见过基丹爷爷。你为什么没待在那里？为什么没有去埃塞俄比亚上大学？"我问。

"埃塞俄比亚只有一所大学，如果你不在班上的前百分之一，就没办法上大学。我在班上的前百分之十——很好，但还不够好。我的姐姐汉娜已经去了加州，所以我爸爸希望我也去那里上学。他给了我两百美元——我的人生就从这笔钱开始。"

"他本可以给你更多。"萨巴插话进来，"你爸爸很有钱。"基丹爷爷经营着一桩成功的生意，生产和销售一种叫阿拉基的埃塞俄比亚酒。"为什么只给了你两百美元？"

"埃塞俄比亚政府试图通过限制个人旅行所携带的金额来阻止人们离开这个国家。我只能带两百美元出境。我离开之后，埃塞俄比亚成为一个国家，政府没收了我爸爸的财产。"他停下来回忆，"但我在美国最大的挣扎与金钱无关。在亚的斯亚贝巴，我有十三个兄弟姐妹。但在旧金山，我唯一的家人就是我的姐姐汉娜，而且没过多久她就和男友一起搬去了拉斯维加斯。我在一家很受欢迎的汉堡店 Zim's 打杂，在城市学院上课，但独自住在一间工作室里就像进了监狱，这种孤独几乎要了我的命。"

"哈本，你知道发生了什么吗？"萨巴笑着说道，"他姐姐告诉我：他到了美国，不仅不会做饭，连打扫卫生都不会！在你祖父家，有人帮他做饭和打扫卫生。所以有一天，你祖父打电话给吉尔玛，问是否应该给他派个管家，吉尔玛赶紧说是是是！"

我突然歇斯底里地大笑起来。"不会吧！吉尔玛，你最后搞定了吗？"

吉尔玛也笑了，回想起他早年的种种糗事。"我烧焦了好多个锅，好多个平底锅，我的第一个食谱是意大利面和特布斯。"特布斯是一道传统美食，以各种肉搭配埃塞俄比亚的香料炖制而成——有点辣，但非常好吃。"但事实上，食物从来不是问题。钱从来不是问题。在美国最大的问题就是孤独。我怀念埃塞俄比亚住满人的房子。"

父母的挣扎来自战争和失去，而我则要和对残疾人的歧视做斗争。坐在这里，听着这些故事，我能感受到二者的相通之处。萨巴以强大的内在力量抵抗政府的压迫，从逃难的危险旅程中幸存下来。我爸爸鼓足勇气离开舒适的家，到一个陌生而孤独的国家独立生活，从一盘烧焦的意大利面开始学习自力更生。我的父母都找到了应对挑战的方式，那么，我也可以。

第四章　性别与一头大公牛[1]

厄立特里亚，阿斯马拉。2001年夏天。

又是个温暖晴朗的日子，在阿斯马拉外祖母家半明半暗的客厅里，我和妹妹 TT 躲在一起。

家里的女人，包括我的妈妈萨巴，都在厨房里为我姨妈塞内特的婚礼准备食物。首先就是切洋葱，每切一刀，洋葱就会释放出催泪弹。萨巴让我和 TT 打下手，于是我们偷偷溜到离厨房最远的屋子里躲起来。

"好无聊啊！"我忍不住发牢骚。

"我也是！"TT 附和。九岁的她不光是我的小妹妹，还是我最好的朋友和冒险伙伴。她像我一样热爱动物和探索世界。她比我矮个几厘米，戴着眼镜，既看得见也听得见。尽管如此，亲戚们还是常常混淆我俩的名字，于是干脆称

---

[1] 一头大公牛，原文是 a load of bull，意思是胡说八道。

我们为"TT 哈本"或者"哈本 TT"。

里蒙坐在我们对面的扶手椅上。他是我们家一位世交的儿子,今年十岁,正好处于我和 TT 之间的年纪。他也住在阿斯马拉。

"里蒙,我们玩点什么?"我问。

"我不知道!"他也无聊地回答。

我靠在沙发上闭上了眼睛。不管做什么,只要不去厨房就行。厨房在后院。大院子里种着果树,有一个鸡舍,今年夏天还第一次养了一头公牛。

我坐起来。"我们可以去看公牛!我是说,动画片里不都说公牛不喜欢红色吗?这下我们可以知道是真是假了,就像科学实验一样!如果萨巴不高兴,我们可以告诉她这是有教育意义的。"

"等等,什么?"里蒙不太懂英语,所以我站起来指向房间的另一边。"在那里,公牛。"我用磕磕巴巴的提格里尼亚语说道。我又指了指自己站的地方。"在这里,我。"我从沙发上抓起一件衣服,使劲挥舞着。"公牛!公牛!"

"啊哈!太棒了!"里蒙从椅子上跳起来。

"等等!我们需要红色的东西!"我指了指那件衣服,"Keih,红色。"

"哦,好的。我们去哪里找红色的东西呢?"他问道。

第四章 性别与一头大公牛

"跟我来！"我凭着记忆和残存的那点儿视力跑进大厅，左转进入了我们的卧室。这栋房子有三间卧室，我父母、TT和我共用其中一间。

我一进去就打开了TT和我的行李箱。每样东西都有不同的质地、形状和风格。我的手在衣物中游走，终于找到了一件红色的上衣。

"那是我的衬衫！"TT抗议道。

严格来说这其实是我的——只是我已经穿不下了。"我们只是拿在手上而已，没事的。"

TT双臂交叉，只得不情不愿地让步。

我带头走出房间，穿过大厅，进入第二间卧室。这个房间有一扇窗户，正好可以看到后院里那头听天由命的公牛。我倚靠在窗台上，眯着眼睛，看到了一团黑乎乎的东西。

"你能看到它吗？"我问。

"是的。"TT用那种事不关己的声音说道，我一听就知道，问她"它长什么样子""有多大""牛角有多长""它发现我们了吗"之类的问题不会得到回答。但也许她会回答这个问题："它被绑起来了，对吧？"

TT不理我。

我转向里蒙。"它被绑起来了吗？"

"是的，它被绑起来了，"里蒙说，"怎么样，你还打算这么干吗？"在这句话背后其实是另一个问题：你真的有勇气去尝试吗？

我信心满满，已经迫不及待了。我把红衬衫挂在窗外使劲摇了摇，然后跑回屋里。

什么也没发生。

我又试了一次，这次晃得更久，也更用力。

还是什么都没有发生。

"我们得去外面才行。"我告诉TT和里蒙。

"不！"TT挡在门口，"你不能出去，不安全！"

"别担心，TT，"我向她保证，"它被绑住了，什么也不能做。"

"不，它可以！它会杀了我们！"

她的恐惧激起了我的恐惧。它的角有那么长吗？她是不是看到了什么？如果我错误估计了绳子的长度，靠得太近了怎么办？

我的探索欲望最终击退了恐惧。"TT，不如这样：你待在这儿从窗户里看着我们，如果发生了什么事情，你就可以逞英雄了，还可以求救。里蒙和我去外面，但我们会很小心的，我保证。"

TT还站在原地，堵在门口。

"TT，拜托。"里蒙恳求道。

她还是不说话，但跺着脚走开了。

我和里蒙绕着房子跑了一圈，快到后院公牛所在区域的时候，我们在附近的屋角停了下来。绕过那个角落，我们就和那头动物近在咫尺，只是不知道多近而已。

我把红衬衫塞进里蒙的怀里。"给，你先来！"

"嘿！"他猛地向后跳了几步，把衬衫塞回给我，"不，你先来！"

我试着再塞给他，但他躲得远远的。我突然意识到TT可以透过窗户听到我们说话。我要给她做个榜样。

我鼓起勇气向前走了两步。在我面前的某个地方，有一头大坏牛。当我意识到自己并不清楚它的确切位置，心开始怦怦直跳。它每动弹一下，我就发觉脚下的地颤动一次。既然我看不见也听不见它，我愿意退而求其次：当公牛最终发出咆哮时，感受地面的震动。

我把红衬衫举到面前使劲摇着，往左，往右，往前……

"它一点反应也没有！"我向里蒙抱怨道。

里蒙一把扯过红衬衫，站到了我的位置上。"公牛！"他面朝公牛上蹿下跳，挥舞着红衬衫。"公牛！公牛！公牛！"他看起来像在跳某种狂野的，为了激怒野兽的舞蹈。一个"保证会有反应"的舞蹈。

"里蒙！"一个女人的声音喊道。

就在那一瞬间，我想起了后院，也就是公牛本尊正好位于厨房的正前方，妇女们做饭的地方把这情景尽收眼底。哎呀！

里蒙和我跑回了客厅，和TT在那儿碰头。我们笑着彼此复述这段冒险经历，比较了各自的视角。里蒙因大胆的表演得到了最高分，我的绝妙创意也得了分。TT终于承认这不是个坏主意。最重要的是，我们还避免了做饭！

接下来的两天里，婚礼的筹备工作紧锣密鼓地进行。后院成了一个布满酒桶和建筑材料的障碍赛训练场。最糟糕的是，那头公牛被宰杀之后，整个车道都充斥着残忍的血腥味。我不敢再独自穿过后院，生怕踩到什么可怕的东西，或者撞到悬挂的肉块。

只有卧室才让我觉得安全。没有滴血的死尸，没有无形的会绊倒我的电线。没有恼羞成怒的亲戚想知道为什么我不记得他们。在这里，我可以放松下来。

有人偏偏在这一刻打开了卧室的门。

我往盲文书里夹了一个书签，准备进行交谈。

这个人走到衣橱前翻找起来。她戴着奈特塞拉。平时只有外祖母阿维耶会这么打扮，但这会儿出于对来访长辈的尊重，家里所有的成年女性都围上了奈特塞拉。所有的女性都身穿白色，而且身高也基本上差不多，我完全分不清她们谁是谁。靠上衣颜色来辨别人的办法现在失效了,我只能等待线索。

这个人关上衣橱的门,向我走来。"你在这里干什么?你得帮我们准备食物!"是萨巴。

"我会的!等我看完这一章。"

"不,现在就去。TT正在和我们一起做饭。里蒙也在帮忙搭帐篷。每个人都在问我:'哈本在哪儿?哈本在哪儿?'除了你,大家都在忙活。你为什么不能搭把手?"

我的脸越来越烫,看来向她解释后院里种种障碍给我带来的不适感是不可能了。"你要我做什么?"

"到厨房来帮忙。"

"不,我不想成为灰姑娘。"

萨巴笑了起来,她的笑声像音乐一样动听。"这是什么意思?"

"看看希维特。"我说的是她最小的妹妹,"她几乎整天都在做饭和打扫卫生,像灰姑娘一样。她几乎没有生活,这不公平。"

"是的,这的确不公平,可如果每个人都来帮忙,事情就不会全落在希维特一个人身上了。明白了吗?这就是为什么我们需要你来厨房。"

"可事情就是这么开始的!一旦一个女孩进了厨房,

她就会永远待在厨房了。每个人都会开始指手画脚：'煮这个，洗那个，做这个，拿那个。'如果她请别人做一件事，人们只会说：'哦，可你做得比我好多了。'我不想成为灰姑娘。"

"那你打算做什么？"

"我并不是完全抵触做家务，只是不想做那些通常指定女孩做的事情。特米在干什么？"我问。特米是萨巴最小的弟弟。

"好吧，我们去找特米。"她朝门口走去，我紧随其后。

刚进走廊，混乱就迎面而来，我们路过起居室响亮的喧闹声，走进前院。右边有一个狗窝，它的主人是一只名叫海厄特的长着白色斑点的杂种狗。从前门出去，就走到了大院前那条还没铺好的路上，路面被晒得滚烫，我们走到一个大帐篷下面，温度才稍稍降了下来。

萨巴在一群围坐在桌旁的人面前停下了脚步。"特米，哈本想来帮忙。"

"等等……"我能闻到空气中有我不喜欢的东西，"他们到底在干吗？"

"他们在切肉，用来炖。"

我简直无言以对。在我发表了精彩的灰姑娘演讲之后，萨巴竟然还让我做饭！

"去那边坐下吧,杰西卡也来了。"萨巴知道我爱杰西卡。她是我的表姐,今年二十岁了,她总跟我说荷兰的大学生活,逗我开心。

我挤到桌边的长凳上坐下,环顾四周。这张桌上大约有八个人,我左右两边都有人。我不知道哪一个是特米,但我对面左边那个浅色皮肤的人一定是杰西卡。不时有人把手伸进桌子中间的一大堆什么东西里。我伸手过去,感觉像是一大堆手掌大小的肉。我把其中一块拿到面前的砧板上,黏糊糊的液体沾在了我的掌心。

右边有人把一把又长又宽的刀放进我的手中。

"这里。"萨巴把一小块肉塞进我手里,"要切这么小,灰姑娘。"

"别叫我灰姑娘。"我脸涨得通红,感觉到周围的人都盯着我,想知道为什么萨巴要叫我灰姑娘。他们一定不敢这么叫。要是有人敢的话……

我把那块肉放在面前,刀刃对准较短的那面,用手指估摸出要切掉的分量。

那些不自我介绍的男孩可真没礼貌!他们应该和我打招呼才对。

我右手持刀,轻轻放在左手指尖外侧,开始切肉。刀刃突然碰到了砧板,意味着这块肉已经切了下来。我把刀片右边的肉刮下来，用左手重新估摸出要切的部分。

这一定是那头大坏牛。

切切切，我把这一小块刮到一边。

还记得你是怎么羞辱我的吗，公牛？你还记得吗？

我找到了节奏，手指开始移动得更快了。我一块接一块地切着，切出了一小堆肉。

你得到了血的教训——没把我放在眼里，这可是致命的错误！

我拼命地锯，直到锯完这块肉。

在我切肉的时候，男人们在我周围交谈。咕哝，咕哝。好吧，随便。别扯到我就行。

我又从那一大堆肉里抓了一块开始切。

这群人突然爆发出大笑。咕哝，咕哝。更多的笑声。

我干活时低着头。我讨厌被落下，我讨厌被排斥，我讨厌做饭。

我又从那一大堆里拿出一块肉。

"哎哟！"杰西卡尖叫一声，陡然离开了桌子。

我环顾四周，试图弄清楚她为什么跑掉。没人说话，也没有其他人离开。真奇怪。我耸耸肩，继续干活。左手量肉，右手运刀。

到底怎么了？我小心地放下刀，双手摸索着这块肉。

第四章 性别与一头大公牛 41

它又黏,又软,又长,有一端是圆的。

我的天哪!这是公牛的阴茎!

我的心怦怦直跳,有一股想逃跑的冲动。保持冷静。他们一定在看着我。这一定是恶作剧,他们想看女孩们惊叫着跑走。

我决心留下。我能待在这里继续切肉。看好了,男孩们——看着我!

我右手持刀,左手再一次放在要切的位置上,用手指估量出要切的一小块。

这一刀是为了灰姑娘!

我正要继续切肉,这块肉在我手中滑动起来。我使劲按住往下切。

一只大手伸过来,把我手里的那块肉拿走了。这个人向后院走去,我的脸上闪过一丝胜利的笑容,谅他们不会再捉弄人。

那真的是公牛的……我的脑海里掠过七年级性教育课的记忆——也许,可能吧。我的天。

我胃里犯着恶心,没法再坐在这里。我不干了。如果萨巴问我为什么不在干活,我就把故事讲给她听:我想帮忙的,妈妈,但他们竟然给我切公牛的阴茎。

我放下刀往屋子里走,小心翼翼地避开院子里的重重障碍。

即使一起干了活，我也连身边家人的名字都不知道，剧烈的孤独感油然而生。我本可以让人们介绍一下自己。我本可以让杰西卡解释发生了什么事情。相反，我只是忙着证明自己的能力。因为把情况设定为我和他们之间的对抗，我也将自己永远地排除在他们之外。这样的隔膜，是我自己造成的。

第五章　一键接一键

厄立特里亚，阿斯马拉。2001年夏天。

一条崎岖不平的街道蜿蜒盘旋到外祖母的房前。街两旁是高大的砖墙和金属锻造的大门，那是邻居们的院子。上周，姨妈的婚礼帐篷就搭在这条街上。人们载歌载舞吃喝玩乐，热闹了整整三天。现在这条街上空无一人，时不时有汽车缓慢驶过，留神不撞到那些把马路当成足球场、弹珠场和纸牌场的小孩子。我在街上漫步，走在侧边，免得挡道。

一只手抓住我的胳膊。恐惧的寒意像冰刀一样刺穿我的身体。这只手应该属于一个比我矮七厘米的孩子。

"什么事？"我深吸一口气，让自己冷静下来。他也许是某个亲戚或者朋友家的孩子。

他大声喊了几句。刺耳的声音让我心跳加速。

"什么？"我用提格里尼亚语问道。

更多叫喊。

我挣脱开胳膊，他又双手抓住我的手腕。他短粗尖锐的叫喊声听起来很绝望。我扭动手腕，但他有力的双手却越箍越紧。就在这时，我看到一群孩子围在我们身边，大约有十人。他们也开始大喊大叫起来。

我的拳头握紧了。我严阵以待，随时准备飞踢。奥克兰联合校区的失明教育计划为我们开设了自我防御课程。我回想起了课上学到的防身技能。

一个女孩的手绕住我的右手腕。是温柔而轻巧地握住，意在抚触而非控制。

"我是莉迪亚。你能把键盘带来吗？拜托了。"

我茫然地望着她。"键盘？"外祖母家没有电脑。我绞尽脑汁地思索"键盘"到底意味着什么。"你是说玩具钢琴吗？音乐？"

"是的。"莉迪亚夸张地挥动我的手臂，"求你了！拜托！"

她身后那些孩子的大喊大叫也变成了："拜托！拜托！"

"当然。"我的肩膀放松下来。

喊叫声总让我害怕。高兴的欢呼和愤怒的咒骂有着微妙的区别，而我听不出来。通常人们对我大喊大叫是以为我能听得更清楚，但这么做只会让我想逃跑，或者准备飞踢。

我从陌生人手中把左胳膊抽回来。很多孩子不明白紧紧抓住别人具有攻击性的意味。他们大多会忽视与人接触时传递的信息。所以我不断提醒自己,在做出回应之前最好先确认一下。

莉迪亚和我一起手拉手走回外祖母家。她一边走一边晃着我的手。她十一岁,比我小一岁,在所有邻居孩子中她的英语也是最好的,所以其他人经常让她向我和TT解释游戏规则。

我们这一群孩子聚集在外祖母家的大门前。我进门时向他们挥了挥手。

我和音乐之间的关系有点复杂。我有限的听力意味着我听不到生活中的大部分音乐。我只能听到键盘音域中高频区的一小部分声音。以我的听力,我能弹出一些简单的旋律——噪音越少越好。

通过触感来学习音乐对我来说效果更好。我在奥克兰中学的老师斯科特女士教过我盲文音乐。每个音符都有相应的盲文符号。记住了"你在睡觉吗,约翰兄弟?"的音符顺序之后,我会在教室的电子琴上弹奏出这首歌。经过训练,我的手指完成了挑战,这让我很开心。

当斯科特女士教和弦时,我却停滞不前。和弦的低频音淹没了旋律中的高频音。整个键盘的左半边听起来如此沉闷，就像洗衣机轰隆隆的响声。我永远感受不到身边人从音乐中获得的那种快感。

我的家人对家里的玩具钢琴爱不释手。我们从美国把它买回来，送给了我的表弟。他敲过几下，就不再玩了。我二十四岁的舅舅亚伯拉罕却爱上了它，经常用它演奏厄立特里亚歌曲。他光凭耳朵听就可以流畅地再现歌曲的旋律，这太令我震惊了。亚伯拉罕一个键一个键地教我弹奏厄立特里亚的音乐。

我拿起这个珍贵的玩具向屋外走去。等在大门另一边的孩子越聚越多。莉迪亚挽着我的胳膊，把我领到门右边的大石头那儿坐下。其他孩子把我们围成一个半圈。

我把键盘递给莉迪亚，她开始弹奏旋律。演奏结束时，大家纷纷鼓掌。

莉迪亚把键盘递给一个新来的女孩，换成她坐在石头上。

"你叫什么名字？"我问。

"萨拉。"

我微笑着向键盘挥挥手。她一只手拿着玩具，一只手敲着琴键。音符听起来不太连贯。她重新开始，这次我听出了她想要弹奏的是哪首歌。她停了下来，又从头开始。

我伸手弹奏出这首歌的前七个音符。我的食指再次敲出这个旋律,慢慢帮她记住敲击的顺序。其他孩子都靠过来看着我们。

我把键盘转给萨拉。她弹错了几个音符,但很快就改正回来了。试到第四次的时候,她一路弹下来,没有失误。

"太棒了!"我向她双手竖起大拇指。

当我在教萨拉弹琴的时候,那群孩子也在教我一些事情。我一直在想,作为任何事情都仿佛最后一个知道的人,我能为这个可视听的世界做些什么。这些孩子让我感到,也许我确实有些天赋和经验可以分享给别人。

萨拉把键盘还给我,我弹出了这首歌接下来的七个音符,重复一遍,再把键盘递给她。

萨拉弹完,然后从石头上跳下来。人群开始大叫。我眯起眼睛扫视人群,试图找出引起骚动的源头。

在我旁边,一个瘦高的男人坐在石头上,腿上放着我的键盘。他开始弹奏一首歌。

我说话了,用我最严厉、最冷酷、最权威的声音:"我们要轮流玩。把键盘还给萨拉。"

"哈本,你不认识我吗?我是托马斯。"他是个十九岁的年轻人,和我们住一条街,隔了两栋房子。

我的眉头皱得更紧了。"托马斯,你也得排队。还没轮到你，把键盘还给萨拉。"

"好吧，好吧。"托马斯用提格里尼亚语咕哝道，"再弹一首就好。"

我连一首歌都不愿意让他弹，但他不肯把键盘还给其他孩子。我的胃都打结了。"好吧，就一首。"

他开始弹奏。音乐在嘲弄我，讥讽我无法控制发生在我自己和我的键盘身上的事情。好像有一股强大的力量抓起并拧住了我的手腕，让我感到无助。

一曲弹完，托马斯终于把键盘递给我。"再见，哈本。"

我瞪着他。"再见！"

第二天，我又出门散步。我的家人通常能听到大门的开关声，所以我尽量保持安静。轻轻地滑开螺栓，转动门把手，再慢慢把门拉开，拉开到刚刚够我钻过去的距离……砰！一双手把我往前猛推一把。天旋地转。我一个四岁的表弟从我身边硬挤出去。

我抓住他的胳膊。"你妈妈说你可以出门吗？"

"别管我！"萨姆不会说英语，所以一定是我的小表弟亚菲特。他和我一样也是在加州出生长大的。

"我们去问你妈妈——"

亚菲特猛地拽回胳膊，拔腿就跑。

我追在他身后。这条土路上布满了石头，坑坑洼洼。

我疾步前行,脚趾微微抬起保持平衡,以防摔倒。我的步子很大,距离越来越小,终于抓住了他的衣服。"站住!"

"放开我!"他扭开了,沿着这条街跑向更远的地方。

"我会告诉你妈妈的!"我边喊边追着这个野孩子。

亚菲特突然向右转。我改变方向紧追不放。他又转向左边,我于是也左转。他又向右跑,然后又向左跑,突然消失了。

那是托马斯家门前!我的心开始恐慌地怦怦跳。我的好弟弟闯进了狼窝!

我深吸一口气,大步走向前门。有一个人站在门外。"你好,亚菲特是不是跑进去了?"

"咩咩!咩!"

我翻了一个白眼。"法比奥?"托马斯有个十五岁的弟弟,喜欢开玩笑。

"咩咩咩!咩咩咩!"他还在装羊叫。

我嘴角忍不住上扬。"好吧,黑羊(意为害群之马)。你有羊毛吗?"

"咩!咩咩!"

"很好。我要去找那包羊毛,和那个小男孩。"我推开大门,走了进去。

我面前是一个长方形的庭院,左边是一面墙,右边是一栋房子。我小心翼翼地往前走,右手边出现了一扇关着的门。亚菲特可能在里面,也可能不在。我继续往院子里走。

有人靠近我。"嗨,哈本!"

"嗨!"我把手伸向那个女孩。她握住我的手,在我两颊上分别亲了一下。"你叫什么名字?"

"索利亚娜。我是托马斯的妹妹。"

"很高兴见到你。亚菲特在这里吗?"

"是的,我带你去。"索利亚娜牵着我的手,指引我穿过一道门。靠左边墙的电视机正在播放。有两个人正坐在沙发上看电视。一个小小的人影正懒洋洋地躺在我面前的扶手椅里。

"哈本!是托马斯!"

我愣了一下才反应过来。大部分人都会让我猜他们是谁,就像法比奥在门口那样。"嗨……"

"进来!来坐下!"托马斯冲我说道。我很惊讶自己能听到他从房间另一头发出的声音。大声说话通常听起来都像在嚷嚷,看来他已经掌握了消除声音紧张的技巧。

我绕过两把扶手椅,走到沙发前,可是已经没有位置了,我只好坐在沙发旁边的床上。

托马斯往前坐了坐。"你家人还好吗?"

"他们很好。"

"穆西怎么样了?"

我吃了一惊。托马斯还认识我的哥哥。

家族故事永远不可能三言两语就讲完,尤其是我们这样横跨四片大陆的大家族。事情得从四年前说起,一点点地展开,一个个人地介绍。托马斯也算是故事的一部分。

我的两个哥哥几乎没有跟我在一起长大。在美国文化里,他们也许只算得上是半个哥哥。在厄立特里亚,我们还是叫哥哥。最大的哥哥叫阿维特,比我大十二岁。他在加州做老师。另一个哥哥穆西比我大六岁。除了我之外,他是家里唯一的聋盲人。

托马斯的话勾起了我排山倒海的回忆。穆西在这里由外祖母阿维耶抚养大。所以托马斯才会认识他吗?外祖母一直想供穆西上学,但学校无法提供相应的聋盲学生教育。别的孩子上学的时候,穆西只能待在家里。经历了令人沮丧的几年之后,穆西移民去了美国。那时他已经十二岁,终于可以上学了。

我咽了咽口水,试图打开嗓子。"穆西很好。他现在在纽约的海伦·凯勒国家中心学校培训。他要在那儿待上九个月,学习独立生活的技能,比如如何使用白手杖走路,使用辅助技术,盲文、手语、清洁、烹饪……你会做饭吗?"

"会一点儿。"

"啊哈。我打赌穆西比你更会做饭。"

托马斯和沙发上坐在他旁边的人说了几句话,他们聊了一会儿。"哈本,这是达维特。你认识他吗?他是我的朋友。"

"很高兴认识你。"我们握了握手。

"所以穆西过得不错?"托马斯继续问。

"是的。他高中毕业了,现在正在纽约培训。怎么了?"

"我们以前成天一块儿玩。我们是最好的朋友,一直都是。你知道这个吗?"

"这个?"

托马斯伸出手给我看。他的中指和食指绞在一起。

我笑着点点头。"你们很亲密。"

"是的!我们非常亲密。什么事情都一起做。我就是想知道他过得好不好。告诉他我们很想念他,他应该来看看我们。"

"我会转告他的。"

索利亚娜在门口问了些什么。

"哈本,你要不要喝茶?"托马斯向我重复了这个问题。

"好啊。"

索利亚娜走过来,递给我一杯茶。她可真贴心。我的思绪又回到昨天一群孩子弹琴的那件事上，那个挤在一群孩子中间、抢小女孩玩具的托马斯竟然也有温暖的一面。

可视听的人只需看一眼就能获取多种社交细节，比如面部表情、肢体语言、口语和声音变化。而对聋盲人来说，环境中的信息是一个接一个地呈现的，多一个小细节就能改变整个场景的基调。

喝完茶，我放下了杯子。"现在我要回家了，我要告诉他们亚菲特在这里。谢谢你的茶。"

有人在门口说话。

托马斯用提格里尼亚语回答了几句，然后转向我。"法比奥想问件事。"

法比奥坐在我旁边的床上。"咩咩！咩咩咩！"

托马斯用提格里尼亚语飞快地说了几句话。

我的眼睛闪烁着笑意。"嗨，黑羊！你答应要给小男孩的那包羊毛呢？"

"什么？什么意思？"法比奥问道。

"在美国有一首歌叫《咩咩黑绵羊》，所以我叫你黑羊，你的声音听起来很像它。"

"啊，好吧……我在想，你能把你的键盘拿来吗？"

我爆发出不可置信的大笑。"你也想弹？好吧，我这就去拿！"

第六章　山中起舞

加州，纳帕。2003年夏天。

"哈本，这是你最后一次机会了。"一个英国腔警告道。

所有参加魔山夏令营的盲人高中生都能从声音辨别出各位辅导员，除了我。我刚满十五岁，这个夏令营算是我十五年来的第一次大冒险。营地为我们提供了游泳、划船、骑马、手工、徒步旅行、运动和戏剧等活动。

盲人和非盲人的夏令营顾问会教盲人学员如何进行以上这些活动，从如何安全上马到打盲人门球。在盲人门球比赛中，球员们把一个内有铃铛的篮球大小的球以最快的速度滚过球场。对方球员扑倒在球径上，以阻止这颗球进入得分区。所有的运动员，无论是看得见或看不见的，都要戴上眼罩，以示比赛公平。盲人门球在这里是一项非常受欢迎的运动，但我很快发现，我有限的听力使得我很难判断球的行进路线。所以今年我要避开这项运动。

今年，我想尝试一下戏剧。

"哈本，你不想试镜吗？"英国来的辅导员问道。他们在试镜时说的内容有一半我都没听到。据我所知，其他人一直在唱歌准备面试《西区故事》中的角色。我们大约十二个人坐在正对舞台的椅子上。

我心跳加速，但还是摇摇头。

"来吧，试试看，没关系的。"

我还是坐在椅子上，再次摇了摇头。

"好吧，我们这里结束了，大家都可以离开了。午饭后我们会宣布角色人选。"

椅子摩擦地板的声音在大房间里此起彼伏。叩，叩，叩。一些学员依靠白手杖才能摸索到门口。我也有一根白手杖，此刻正靠在我衣橱的墙壁上。手杖帮助我在陌生的地方找到方向。在这里我不需要它，因为我对这里已经很熟悉了。我仅有的一点视力也派得上用场。我可以辨认出白色的墙壁，阳光从敞开的大门照进来，倾泻一地，还有六个人走在我前面。

到了外面，我离开了人群。夏天的阳光温暖着我的皮肤。轻柔的微风把马的气味从下面的马厩里吹了上来。一条长长的铺好的路从小木屋一直延伸到餐厅。路两边各有一根一米高的绳子，有些学员喜欢抓着绳子来保持方向感。

其他学员则倚赖手杖或残余视力。

我沿着路的左边走,开始寻找马。那儿有一匹!哦,还有别人。

"嗨,我是罗宾。"她说。

罗宾!我们去年在夏令营时就成了朋友,因为共同的幽默感而结下了友谊。我们在夏令营的才艺表演秀上合演了一个滑稽小品。罗宾上的是加州盲人学校,而我上的是奥克兰天际高中,一所主流的公立高中。我们只能在参加夏令营的时候见到对方。

"嗨!是哈本。"我注意到她正向马伸出手,"你在喂它们什么?"

"苹果。你想要一个吗?"她递给我一个苹果。

我发现她喂的这匹马旁边还有一匹。我站在罗宾身边,把苹果举到马的面前。当它咀嚼的时候,我举起空着的那只手放在它头上,轻轻地抚摸它脸上温暖的毛发。我为它脑袋的尺寸感到惊奇。我把手放在它的脸颊上,只是为了感觉它咀嚼时的动作。

马又咬了一口苹果,嘴摩擦着我的手掌。"请别咬掉我的手指。"

罗宾咯咯笑起来。"你听起来好严肃啊!好像说了它就能听懂似的!"

"会的。如果你告诉世界某件事,世界会倾听的。你也应该告诉你的马不要咬你。"

"别……"罗宾又开始咯咯笑。她深吸一口气,面对她的马。"别……别咬我!"她笑得前仰后合。"这太傻了!我不敢相信你竟然让我说了这些话。我们换个话题吧,你今天早上都做了些什么?"

"我去试镜了。"我的手轻抚马的脸颊。

"不错啊!你得到什么角色了?"

我的心停跳了一拍。"什么也没有。"

"什么!这是为什么呢?"

"因为……"我压低了声音,"他们想要会唱歌的人。我不会唱歌。"

"你当然会唱歌。任何人都会唱歌。"

"不,我真的不会唱歌。我听不出跑调,这是听觉问题。"

"哦。"

一团悲伤在我胸口沉淀下来。即使在盲人夏令营我也常常感到被排除在外。我听不见门球的声音,没法打球;我也听不到音乐,没法唱歌。他们整天都是听这个,听那个。

"嘿,"罗宾大声说,"我们应该再为才艺表演秀做一个小品!"

"好啊！"

有两个人在接近我们。"你们现在有麻烦了，"其中的高个子说道，"我们发现你们在胡闹。"

"哦，得了吧！"罗宾双臂交叉，"那么你又是谁？"

"我是格雷格。"

"我是罗宾，这是哈本。"

"拉倒吧！是你编的吧！"

罗宾哈哈大笑。"这真的是我们的名字！"

"那好吧，"他说，"我是布莱尔，这是克莱尔。"

"我们没有瞎编！我的名字真的是罗宾，我的朋友真的叫哈本。"

等等。如果格雷格认为"罗宾"和"哈本"押韵，那么罗宾一定故意念错我的名字了。她说的也许是"霍宾"。或者，格雷格认为这两个名字的发音类似。我听不出发音上的细微差别。这就是我不能唱歌的原因。

"好吧，好吧。既然你这么说。"格雷格说，"我想告诉你们，舞蹈课就要开始了。你们两个应该来参加。"

罗宾转向我。"哈本？"

"我……我不确定。我不太擅长跳舞。"

"这会是一个很好的学习机会，"格雷格说，"一个专业的盲人舞者会教你们跳萨尔萨舞。"

"一个盲人舞蹈老师?"我震惊了。

"她在古巴学的萨尔萨舞,也在西班牙接受过培训。"

我一定是听错了。"你说的是盲人舞者吗?"

"是的,她是盲人。"

一千个问题在我脑海中呼啸而过,每一个都争先恐后地争取我的注意力:"她是怎么学会的?如果她看不见,那她怎么教?"

"那你为什么不去上课看看呢?"

"好吧。"

当我们走进基瓦教室的时候,我感到不那么兴奋了。这是我参加试镜的房间。大约十个人在站着聊天。罗宾和我走到前排。一个高个子的女人正和一个男人在"舞台"附近安静地交谈。

"所以,"罗宾说道,"你在家会跳舞吗?"

"不算吧。我的家人会跳厄立特里亚舞,大家围成圈跳的那种。每次我试着跳,我妈妈都会说:'哈本,动动你的肩膀!'每次尝试我都会出错。'哈本,要多动你的肩膀。''哈本,肩膀抖快一点!'"

"听起来很难。"

"每当我不想跳了,她就会很失望。'哈本,我要你和我一起跳。''哈本,我们要你和我们一起跳。'"

"你妈妈经常叫你的名字。"

"是的……"我希望罗宾现在记得我的名字该怎么念了。

"好了,各位!"老师从前面招呼大家,"你好,EHC(魔山夏令营)!"

"EHC是个好地方!"我们一起鼓掌。

"我的名字叫丹妮丝·范希尔。今天我要教大家跳萨尔萨舞。首先,我来告诉你们我的一些个人背景。我几乎一生都在跳舞。从踢踏舞开始,然后我又学了其他舞蹈——爵士舞、现代舞、摇摆舞、萨尔萨舞、默朗格舞、弗拉明戈舞。我喜欢跳舞,为了学习这些舞蹈环游了世界。在接下来的几天里,我们将重点学习萨尔萨舞、默朗格舞和摇摆舞。这样我们就能为《西区故事》的表演做好准备了。你们有多少人参加了这出戏的试镜?"

一片安静。

"你们有些人可能不知道我是盲人,"丹妮丝说,"我看不到你们举手。我需要你们发出声音。如果你参加了试镜,就说'我'。"

有几个人大声喊了出来。

"太好了!"丹妮丝继续说,"我的大半人生都是完全看不见的,从十三岁起。我告诉你们这些是因为我希望你们知道,你不需要看见,也能跳舞。如果有人告诉你你不能跳，那他们就错了。你也不需要看见就能教跳舞。"

我站在前排，全神贯注地倾听。向一个自信的盲人女性学习是件新鲜事。我想听到她说的每一个字，研究她的每一个动作，记住她的每一堂课。也许，只是也许，我也能成长为一个充满自信的盲人女性。

"好的，我们开始吧。我要每个人面向我，面向我声音的方向。能看到一点儿的人，请尽管站到前面来。你想靠多近就靠多近。"

我立马愉快地向前迈了一步，站在丹妮丝面前一米的地方。罗宾和另外五个人也走上前去。

"我们要从双脚并拢开始，面向前方。好的，现在把你们的脚分开十五厘米。你的脚仍然应该位于你的正下方。每只脚都应该在肩膀的正下方。做得怎样？有什么问题吗？"

有人问了一个问题。

"让我检查一下。我过来看看。"丹妮丝向说话的人走去。

到目前为止，这堂课都让人如沐春风。

丹妮丝走到教室前面。"所以，这是我们的起始姿势。我要你们记住这一点。接下来，我要大家左脚往前走，就走一小步。"

我看着丹妮丝的脚,模仿她的动作。她就在我左边隔了一个人的位置,所以我还能看到她的脚。

"当你迈出那一步时,把你的重量转移到那只脚上。你身体的大部分重量应该在你的左脚上,还有一点重量放在你的右脚上,但大部分重量都落在左脚。明白了吗?好极了。这是'一',第一个基本步骤。至于'二',你的右脚要原地踏步,把重量转移到右脚上。每个人都做'二'了吗?"

孩子们开始咯咯笑起来。我很困惑,想起了他们发笑之前丹妮丝说的最后一句话。哦,"做二"听起来很像上大号[1]。我翻起了白眼。

"我们继续,"丹妮丝说,"记住,我会一对一检查你们每个人跳得对不对。那么,第'三'步,把你的左脚收回到起始位置。我们再来一遍。'一',左脚向前一步。'二',右脚原地踏步。'三',左脚放回起始位置。我希望大家继续练习。一,二,三。一,二,三。我现在来看看你们每个人做得怎么样。继续练习。"

丹妮丝走向罗宾。她们安静地说话,我停下练习,看

---

[1] "做二"原文为 do two,而美国俚语中 make number two 有"上大号"的意思。

着她们。丹妮丝走到罗宾身后,在她练习舞步的时候双手放在她的腰上。丹妮丝又和罗宾说了几句话,然后朝我的方向走来。

"嗨!"我走近一点,以便能更好地听到她说话,"我叫哈本。"

"哈本?"

啊哦。我不确定她的发音对不对。"是的,哈本。"

"很高兴见到你,哈本。"丹妮丝说,"我想感受一下你的舞步,可以吗?"

"当然!"

丹妮丝走到我身后,把手放在我的腰上。当我在做这三个步骤的时候,她始终保持着轻盈的触摸。

"好极了!继续练习。"然后她走向下一个人。

我脸上绽放出最灿烂的笑容。盲人当然可以教萨尔萨舞。她只凭触摸我的腰部、双手、肩膀,就能感觉到我脚下的动作。因为人的身体是相连的。像丹妮丝这样训练自己倾听身体的人,可以抓住一切讯号。

检查完所有人的动作之后,丹妮丝回到前面,教我们其余的基本舞步。"好的,现在我希望每个人都找一个搭档,"她说,"你们互相问问,找个搭档。开始!"

罗宾朝某人走去。我猜她大概是发现了某个感兴趣的对象。勇敢的罗宾!

我环顾四周,希望能看到一个需要搭档的人。人们到处走来走去,我都分不出谁是谁,更没法知道谁需要搭档了。

一个戴墨镜的高个儿出现在我面前。我心里一沉。

史蒂夫没看见我脸上发出的警报。"需要搭档吗?"他问。

我谨慎地回答:"需要跳舞的搭档。"

"一辈子的搭档怎么样?"

"不用了。"

"什么?拜托,给我一个机会吧!"

丹妮丝说话了:"每个人都有搭档了吗?"

史蒂夫把手伸给我,掌心向上。

我转向前面,面朝丹妮丝。

"好的,我现在要你们手牵手。"丹妮丝发出指示。

"耶!"史蒂夫欢天喜地。

我僵笑着把手放进他手心里。他抓起我的手举过头顶,摇头晃脑地表达无声的狂喜。

我突然无法抑制地咯咯笑起来。我使劲拉住他的手放下。谢天谢地,史蒂夫停止了手舞足蹈。

"数到三,"丹妮丝说,"我要你和你的搭档一起跳基本舞步。记住，女士们从左脚向前开始，男士从右脚向后开始。我们现在要放音乐了。请放音乐！"

音乐开始播放，听起来既喜庆又热闹。我能听到音乐高频的部分，但听不出节奏。

通过史蒂夫的手，我能感觉到节拍。他的胳膊、脚、肩膀，他的整个身体都在跟着节奏移动。我可以透过身体感觉到他的动作。我听不到节奏，但我能感觉到，这是触觉智力。

丹妮丝走过来，一只手放在史蒂夫的手腕上，一只手放在我的手腕上。她站在那儿看了一会儿我们的舞蹈，然后转向我，开始说话。

"音乐在放，我听不到你说话。"我告诉她。

她轻轻拉起我的手放在她的腰上，慢慢地跳完基本舞步，每一步都着重强调。她的腰腹核心随着每一步左右移动。左，右，左，右，左，右。然后丹妮丝把我的手放在她脚上。我蹲在地板上，用手感受她在跳基本舞步时脚部的每一个动作。啊，原来她向前一步是踩在脚掌上的，这样她的脚后跟才能往上提。我的眼睛错过了这个细节。

丹妮丝停下了脚步，我站起身。她走到我后面，把手放在我的腰上。我小心地把重心移到左边，用左脚脚掌向前迈出一步。我一边留意她的手，一边开始随着舞步移动我的核心。一，二，三，保持；五，六，七。她的手一直放在我的腰部，所以我又做了一遍基本动作。一，二，三，保持；五，六，七。

丹妮丝拍拍我的肩膀，在我耳边喊了些什么。

"谢谢！"我大叫，试图盖过音乐声。

在指导完所有人之后，丹妮丝教我们如何转身。史蒂夫和我开始表演完美的转身。事实上，他是个很棒的舞者，他的动作很优雅，他的手、脚和核心自成一体。他还会出于好玩而自创舞步。我也出于好玩和他一起即兴发挥，他的手势是什么意思我一看就明白，毫不费力。每个动作都有自然的对应动作，我似乎天生知道他所有舞蹈的对应动作。这是触觉智力。

不用费力去看就能理解，不用费力去听就能知道，这是多么奇妙！萨尔萨舞需要运用的正是我最强的技能：感觉。

跳舞，旋转，我陶醉于我们一气呵成的舞姿。

音乐渐渐安静下来。史蒂夫举起我的手，在上面吻了一下。

"嘿！"我赶紧把手抽回来，"我可没说你能这么做！"

"哦！"史蒂夫发出哀号。他退后几步，紧紧抓住胸口。"你刚刚用匕首刺穿了我的心！"

房间里爆发出大笑。一部分的我也想跟着笑，但还有一部分的我想把他踢出夏令营。就在我刚为和他一起跳舞感到自在的时候，他打破了我的信任。

"好了！"丹妮丝号召大家听她说话，"这节课就到此为止，你们都做得很好，接下来的几天我也会在这里，所以你们有更多机会学习更多舞蹈。现在是午饭时间了。"

走到教室外，史蒂夫跟在我后面。"我一辈子都在跳舞，"他说，"我和很多人一起跳过舞。你跳得很好，你知道吗？"

"嗯哼。"我大步走上通往餐厅的小路。

史蒂夫跟了上来。"我是认真的。你真的很棒。我们应该在舞会上一起跳舞。我们会是整个纳帕最棒的舞者。"

我摇摇头。"不可能。我可没忘记你刚刚做了什么。"

"搞什么……你是认真的吗？我只不过是吻了你的手！"

我微微一笑。"我相信你能领舞，不过吻我的手可不是舞蹈的一部分。"

"天哪！你太可笑了。"史蒂夫在空中挥舞着双手，试图想出应对之辞，"亲吻一个人的手是尊重她的表现，这是很礼貌的举动，不是那种浪漫的意思！"

我咬住嘴唇忍住笑。不知道他能不能看到我的面部表情，希望他看不到我在笑！我终于还是忍住了，这样我才可以用严肃的声音说话："你没有吻丹妮丝的手。"

"你希望我去吻她的手？如果你愿意和我一起跳舞，我就去吻她的手！我会的！"

"不。"

史蒂夫走在我前面，拉开了餐厅的门。他退后一步，示意我先进去。当我走过他身旁时，我决定加快步伐，忘了刚刚一起跳舞的事儿。

史蒂夫追上我。"你真的是说我不能和你一起在舞会上跳舞吗？"

"是的。"

"什么？这不公平！我从来没见过一个女孩如此——"

我转过身，飞快地走进一个他进不去的地方：女厕所。

跳萨尔萨舞真是太棒了。两个人在舞蹈中分享彼此的连接，带来了一种特别的、完全属于此时此刻的快乐。现在，如果我能找到不需要男伴就能跳萨尔萨舞的方法就好了……

第七章　不答应就捣乱

加州，奥克兰。2003年秋天。

一天晚上放学后，我坐在房间里，拿着一张纸。天际高中有一个叫作"基建"（buildOn）的俱乐部，学生们在那里可以学习如何对本地和国外的社区产生积极影响力。明年春天，"基建"俱乐部将派一批学生去西非的马里建一所学校。我的旅行申请表还差最后一步：父母的签名。

考虑到父母对我的过度保护，我必须想出一个策略。

我跳下床，三步跨出房门，穿过铺着地毯的走廊，边走边听着父母的动静——地板的震动，移动的影子，或者是讲故事的声音。然后在远处，我听到了电视的声音。

我跑向客厅。

我妈妈萨巴把餐厅打理得井井有条，连一张椅子都不会轻易挪动位置。唯一的障碍是从餐厅到客厅的一道台阶。餐厅和客厅都铺满了灰白色的地毯，不少人都会被台阶绊倒，因为他们看不见。我也看不见，所以当我接近这块区域时，我会跳过去。

在我面前，发光的电视机发出难以理解的噪声。两张深色皮沙发对着电视。我站在客厅里，双手紧握在胸前。我盯着那张大皮沙发。

没有动静。

来吧，我知道你们在那儿。

我站在那里，等着。等着。等着。

也许他们不在这里。电视开着并不意味着就有人在看。

我往前走，直接站到了电视机前面。

"有事吗？"萨巴从沙发上叫道。

"我想让你们知道，我现在要去洗碗了。"

"谢谢，亲爱的。"

我大步走出客厅，跳过看不见的台阶，穿过餐厅，左转进入厨房。我走到水槽旁，沿着边缘摸索寻找。我的手在水槽的右上角找到了一块海绵；另一只手则找到了一瓶细长的洗洁精。我用右手倾斜瓶子，把喷嘴对准海绵，定好位，挤压瓶身，用左手拇指估计倒出了多少洗洁精。

温水流过我的手，我把手伸进水槽，很快就沮丧地意识到，里面真的有很多脏碗盘。我把海绵上的洗洁精抹在盘子的正反面，然后把海绵放在一边，用手指划过盘子表面，检查是否有顽固的残渣。盘子里没有沾上食物残渣，我把它拿到水龙头下，任由水流冲过，直到洗洁精被完全冲洗干净。

我把盘子放到我们的晾碗架上，也就是坏了的洗碗机。如果洗碗机能用的话，生活就轻松多了！可我父母拒绝买一台新洗碗机。也许他们负担不起。也许他们认为自己能修好。也许用手洗碗让他们想起在厄立特里亚度过的美好时光。

盲人圈子里流传着不少恐怖的故事，说失明的孩子不能掺和家务。我的父母则希望我干活，那我就干。大多数家务靠触觉就能完成，不需要用眼睛看。

TT在我旁边绕了一圈，站在我的左边。我猜她有什么话要说，就关上了水龙头，脸转向她。

"你在干什么？"她问。

"我在洗碗。"

"老大，我可不傻。你从来没主动洗过碗。你到底在干什么？"

我压低了声音："你觉得他们有怀疑什么吗？"

"没有！他们正在看《鳄鱼猎人》呢。你知道他们有多喜欢这个节目。"

"你也喜欢。你怎么不看？"

"中间有广告，再说我想知道你在干什么。所以，这是怎么了？"

"好吧……不过别告诉他们。我刚刚加入一个叫'基建'的俱乐部，帮助发展中国家建学校。他们要去马里建一所学校，我想去。我需要吉尔玛或者萨巴在同意表上签字。"

"老兄，他们不会答应的。你知道他们不会答应的。"

"但等我洗完这些碗，他们会感谢我的！"

TT笑了起来。"洗一整年的碗还差不多。"

我也笑了。她懂我的意思。她知道要让父母走出他们的舒适区有多难。

TT既然起了头，我也开起玩笑："或者如果我能在马里找到一个亲戚，他们也许会放我走。"

"对吧？"TT咯咯笑起来，"只要在马里找到一个厄立特里亚人，他们就会说：'嘿，我们是亲戚！'"

"没错，他们一直是这样。这是我的备选方案。"

"所以你还是选择洗碗？"

我想了一会儿。父母希望我在学校和家里都多多用功。虽然对他们来说，洗碗这件事根本不算什么，但至少能为我的请求加分。"我想是的。别告诉萨巴和吉尔玛我的计划，好吗？我想自己告诉他们。"

"好吧。"

我们为很多事情吵架,不过在父母的问题上,我和TT总是团结一致。我知道我可以信任她。

我手底下的盘子移到了一边。TT往水槽里又放了两个盘子。

"嘿!"

她跑出了厨房,一路咯咯笑。

二十分钟后,我把最后一个盘子放进洗碗机。我的胳膊和后背都在疼,手也因为温水和洗洁精而变得皱巴巴的。我可怜的读盲文的手指!

这次我径直走向了客厅的大沙发。一个人坐在右边,另一个人坐在左边。当我正要在中间的位置坐下时,我注意到萨巴的腿伸到了垫子上,我还没开口她就把脚收回去了。

"你洗完盘子了吗?"萨巴问。

"是的!我洗了八个勺子、两把刀、四个碗、六个盘子和十个杯子。"

"我的天哪!哈本,你不用数吧!"

我耸耸肩。"我只是想让你知道我干活多卖力。"

"谢谢你,哈本,"萨巴说,"我很感激。"

我笑着说:"不客气。"

吉尔玛从另一边插话："你的作业做完了吗？"

"是的，别担心。我今年会跟去年一样门门都拿 A 的。我们现在在学日本历史。"

"好吧，日本的首都是哪里？"他问道。

"东京。我早就知道了。"我想找一个难点的，"爱沙尼亚的首都是哪里？"

"很简单，塔林。智利的首都是哪里？"

"哦，拜托！圣地亚哥。印度尼西亚的首都是哪里？"

"雅加达。泰国的首都是哪里？"

"曼谷！马里的首都是哪里？"

"巴马科。那……"

"你觉得马里怎么样？"我尽量表现得随意，但感觉心跳在加速。

"马里是非洲的一个重要国家。那里有廷巴克图，曾经是个庞大的贸易中心。来自非洲和中东的商人都会去廷巴克图卖他们的货物。"

"太酷了！你还知道什么关于马里的事情？"我旁敲侧击。

"马里有很棒的音乐，我喜欢他们的音乐。事实上，我有一张马里歌手的 CD。"

我努力保持面无表情，克制，中立，不动声色。"如果我从马里给你带一张CD回来,你觉得怎么样?"

"你是什么意思?"他的语气很怀疑。

我深吸一口气。"我在学校加入了一个叫'基建'的俱乐部。它隶属于一个在发展中国家建立学校的全国非营利机构。他们也做本地的社区服务。他们要在四月份派一批学生去马里待三周,在那里建一所学校——完全免费,他们支付机票、旅馆、食品——什么都包!你只需要在同意表上签字就行了。"

安静。

"如果我把这张表拿给你,你会签字吗?"

"你为什么要去马里?"吉尔玛终于开口了。

"我想帮助他们建立一个更美好的世界。我想帮助马里的孩子们接受教育。"

在我另一边的萨巴也反应过来,加入了对话:"哈本,厄立特里亚的孩子也需要学校。你为什么不在厄立特里亚帮助建学校呢?"

"嗯……"我在脑子里搜寻答案,"因为'基建'不去厄立特里亚。如果有一个项目在厄立特里亚建学校,我也会去的。"

"好主意,"吉尔玛说,"我们下次去厄立特里亚的时候,会找到一所学校让你做志愿者的。"

"我很乐意去厄立特里亚的学校做志愿者,"我说,"我们可以下一个暑假去那里,'基建'的旅行是在四月份,我都有时间,我都可以去。"

"四月份你不是应该上学吗?"吉尔玛坚持。

"'基建'是一个学校俱乐部,所以有些老师也会和我们一起去。"

又是安静。

"这样如何?如果你让我去马里,我保证明年夏天去厄立特里亚的学校当志愿者。"

"不可能。"吉尔玛说。

"为什么不行?"我很失望。TT是对的,他们不会因为我洗了碗就心软。

"因为不安全。"他回答。

"马里很安全。'基建'带学生去那儿已经好几年了。他们只带学生去安全的国家。"

"你的障碍怎么办?"

现在情况比较棘手了。我得表现出足够的信心来说服我们两个人。我不能让他看出我对此其实也有担心。任何紧张的迹象都会激发他们的保护欲。这种努力让我感到筋疲力尽。我试图独立,却不断引发他们对我的担忧。他们向我讲述了他们漫长而艰苦的自由之旅,我也决心争取我的自由。"什么怎么办?"

"看不见,你怎么建学校?"

"用铲子,用砖头,用锤子和钉子。就像其他人一样。我不知道怎么建一所学校,但其他美国学生也不知道。会有老师教我们怎么做。我会像其他人一样在工作中学习,和其他人一起。"

"哈本,我去过村庄。我知道那里什么情况,那儿不安全。"他说。

"你去过非洲的村庄,你现在活得好好的。如果你能做到,我也能做到。"

"哈本,"萨巴喊我的名字,"厄立特里亚的孩子也需要学校,为什么你不去帮助他们呢?"

我目瞪口呆地看着她。然后,我慢慢地回答道:"是的,我可以在厄立特里亚做一个夏天的志愿者。现在我们讨论的是我想四月份去马里的事情。"

我转回到吉尔玛这里。"村子很安全。组织者已经去考察过了。我保证,我们会没事的。"

"哈本,我告诉你,这是很危险的。你可能走在一条小路上,路上有一条蛇,但你却看不见。然后会发生什么?"

我的胃揪成一团。他说的是对的,我看不见蛇,看见也晚了。

"哦！她不喜欢蛇，"萨巴得意地说道，"你说中了，吉尔玛！看到没，哈本？你应该等等，然后去厄立特里亚帮助建学校。"

"萨巴！"我爆发了，"厄立特里亚也有蛇！"

"不，那里的蛇不咬人。如果它们看到你，它们会想：'哦，她是厄立特里亚人。我就不咬她了。'"

我开始笑了。她对厄立特里亚的爱是没边没际的。"你听到她刚刚说的话了吗？"

"是的，"他轻轻笑了，"你相信她吗？"

"这是真的！"萨巴坚持道，"它们能认出厄立特里亚人，事实上，我们在厄立特里亚从来没见过蛇。它们会和人类保持距离。"

我决定将计就计。"听起来像是动物星球的一个好故事：厄立特里亚，世界上唯一一个蛇从不咬人的国家。"

萨巴笑了。"是啊，他们应该编个故事。但如果你不是厄立特里亚人，它们可能会咬你。"

"嗯哼。"我点点头，转向吉尔玛，"到处都有蛇，厄立特里亚、马里、湾区都有。我不会因为后院存在可能有蛇的极低风险就不踏进后院。我不想活在恐惧中。我想过冒险的人生。我想去马里，帮助他们建一所学校。"

"我觉得这是不安全的。嘿！TT，你知道刚才你姐姐说了什么吗？"

她坐进扶手椅里。"什么？"

"她说她想去马里。"

"太好了！"

"别这么说！"吉尔玛抗议道，"这不安全。她可能会得疟疾。她可能会被绑架。"

"那你就得付赎金了。"

"我一分钱也没有。"

TT拖长腔调慢吞吞地说："那就很高兴认识了你，老姐。"

"TT！"吉尔玛斥责她，"你怎么能这么说？"

"这是个玩笑！"她嚷嚷着，怒气冲冲地站起来，回到自己的房间。

"别担心。"我让吉尔玛放宽心，"会安全的。他们已经考察过村子了，他们和村子的酋长合作。我会同其他学生和老师在一起，我会没事的。"

"我不喜欢这个主意。你不能去。"

"但是为什么呢？"

"我告诉过你了，这不安全！我说不行。讨论结束。"

我头痛得厉害。父母的恐惧像锁链一样缠住了我。他们可能永远不想让我成长。

我站起来，离开了沙发。走到客厅边缘，我转过身来给出临别的一击："这是我最后一次洗碗了。"

我父母吼了一些什么，他们混乱的声音像我向卧室行进的背景音乐。

我爬到床上，对顽固不化的父母感到恼火。我把每件事都解释得清清楚楚：我们会很安全，他们也不用付旅费。他们还是不肯让步。

我被困住了，被拖住了，无法尽自己的力量去帮助别人。拒绝带来的痛苦扼住了我的脖子，我随时可能号啕大哭。

我从床上下来，站起来，把手伸向天花板。然后把手放下，把头转向左边，再转向右边。我的脖子开始放松下来。

我的人生属于我。我不会屈服于被束缚的感觉。

吉尔玛不想在表格上签字，因为他认为我去马里不安全。他对我所有的论点都置之不理。尽管我的论点没有问题，很清晰且有逻辑。也许他认为我不够客观，过分高估了自己的能力。可我比任何人都了解自己的能力。当谈到我能做什么、不能做什么的时候，我比任何人都专业。但他没有被说服。

那么问题是，还能有谁可以说服吉尔玛，使他相信我在马里是安全的呢？

第七章 不答应就捣乱

两周之后，我还在致力于这个"让我父母答应"的行动。每一天，每一次，我都从不同角度谈论这件事，要求他们在表格上签字。我不知道我是否说服了他们，但我知道他们已经对这个话题感到疲倦了。吉尔玛已经从说"不"变成了"我们再看吧"，这是一个让我暂时消停的伎俩。他的策略收效甚微。毕竟，我的顽固是从他身上遗传来的。

今天，我用的是另一个方法。我邀请了我的父母和"基建"的项目经理一起"吃午餐"。我们去的是奥克兰一家以厄立特里亚首都命名的餐厅，叫作阿斯马拉餐厅。我选择它作为下一步行动的地点，原因没有什么特别的，无非是我父母最喜欢吃的就是厄立特里亚菜。我们坐了下来——吉尔玛在我的左边，萨巴坐在他对面。坐在我对面的是艾比。

几年来，艾比一直领导"基建"的海外旅行，带高中生去尼加拉瓜、海地和尼泊尔这样的地方。每周她都会来我高中的"基建"俱乐部，在那里计划筹款活动、去马里的徒步以及当地的志愿者工作。之前的一个周末，我义务去一个退休人士中心雕刻南瓜。在展示我的刀法之前，我把艾比带到一边，对她掏心掏肺倾诉了一番，解释我父母担心我在马里的安全，我问她是否可以和我父母共进午餐，说服他们相信我的安全没有问题。她同意了。那一天，退休的老人家得到了一个笑容灿烂的南瓜。

在阿斯马拉餐厅，艾比和我的父母正在寒暄。到目前为止，我父母一直在向艾比普及厄立特里亚的历史。艾比似乎听得入迷，对他们的经历提出了颇为深刻的问题。我一直埋头吃饭，很有策略地保持安静，以最大限度延长他们增进感情的时间。

"你吃饭的样子，艾比！你做得好极了。"萨巴对她说。

我冲艾比笑了笑。对新手来说，吃厄立特里亚菜需要一番训练和技巧。食物放在一个很大的家庭式盘子里，上面覆盖着一种叫作英吉拉的扁平的海绵状面包。根据人们自己的喜好，主菜可能是炖肉、蔬菜咖喱或沙拉。吃饭从头到尾只能用一只手，用你习惯的那只手撕下一块约五厘米直径的英吉拉，把它放在适量的肉或蔬菜上，轻轻包起来放进嘴里，然后就可以大快朵颐了。

"我以前吃过埃塞俄比亚菜。"艾比解释道。

"厄立特里亚菜和埃塞俄比亚菜其实是一样的。"我告诉她。

"不！"萨巴很愤怒，"才不一样呢！很相似，但一点都不一样。"

"没错，"吉尔玛点点头，"两者相似，但菜名不同。在埃塞俄比亚，是阿姆哈拉语；在厄立特里亚，是提格里尼亚语。两国的饮食风格类似，烹饪方式也类似。"

我点点头，忍不住为吉尔玛的外交手腕笑起来。

"在马里，我们也会吃到很多美味的食物。"艾比向他们保证，"我们会请一位厨师为我们的团队准备饭菜。米饭和蔬菜、豆子、鸡肉，有时候我们还会做羊肉。你们不用担心，哈本在那里会吃得很好。"

"我明白了。"吉尔玛咕哝道。

安静。

我紧张地瞥了父母一眼。我们都知道事情不仅仅是去马里这么简单。去马里只是我争取独立的一个开端。我不想我的人生被他们的担忧所左右，尤其不希望人生因为自己的恐惧而停滞不前。如果能去成马里，我的父母就会开始学着信任我。

"但是艾比……"萨巴停顿了一下才继续说道，"她要怎么建学校呢？"

"她能行。我不知道具体怎么做，但我们会找到办法的。我见过她在奥克兰做义工——她在马里也会做得很好的。"

我的心因为感激而膨胀。多么美妙、体贴、真诚的回答。

"吉尔玛，你怎么看？"萨巴问道。

"你会一直陪在她身边吗？"他问艾比。

"我会一直和大家在一起。还有另外三位老师，我们都会时刻留意学生们。总有人会在旁边盯着。"

安静。

他们再次面面相觑。这可真令人沮丧——我不喜欢错过重要的线索和信息。人们应该敞开心扉，说出自己的感受和想法。

"嗯……"吉尔玛又说，"染上疟疾怎么办？"

"我们都会定期服用抗疟疾药物。会没事的。"

我屏住呼吸。请不要问她关于蛇的事情。拜托，拜托别提到蛇。

"萨巴，你怎么看？"吉尔玛问，拱手交出谈话。

"好吧，只要艾比一直在她身边，我想应该没关系。"

"哈本，你确定你想这么做吗？"吉尔玛问。

"是的，我非常确定。"

他叹了口气。"那好吧。我没意见。"

我顿时欢天喜地。他答应了！他们都答应了！我的坚持，我的固执，我的精心策划——一切都得到了回报。

"太好了！我们很高兴有哈本加入我们的团队。"艾比说。

"谢谢你，艾比，"我激动地说，"谢谢你和我们共进午餐。"

第八章　沙漠里的水之战

马里，基涅村。2004年春天。

马里的太阳把地面炙烤得滚烫，即使在阴凉处也是热浪滚滚。在何英铲沙的时候，我和艾比坐在树荫下乘凉。何英铲起沙漠里的沙，倒进一个筛子里。金属铲进沙子里发出了刺耳的唰唰声。

"你干得真棒！"艾比向她喊道。何英和我同为高中二年级生，在旧金山上学。

这是我们抵达位于马里南部的基涅村的第二天。马里是西非的一个内陆国家，作为世界上最贫穷的国家之一，占据了撒哈拉沙漠的一部分。马里帝国曾经数学、艺术发达，是横贯撒哈拉的贸易繁荣中心，直到1892年它成为法国殖民地。到1960年，马里才恢复独立。那里的官方语言依然是法语，但使用最广泛的是班巴拉语。

有人走了过来。"你们要喝水吗？"是西蒙娜！她是伯克利一所高中的高二学生。

艾比举起她的水瓶。"哈本,我们喝水吧。"

我困惑地皱起眉头。我一直在喝水啊,不过也行吧。我为西蒙娜喝一杯。我拿起左边的大水瓶,打开瓶盖开始喝水。我们需要每小时喝一升水来保持身体里的水分,我猜西蒙娜正在巡视并提醒每一个人。

我们一共有十一个美国来的高中生,从湾区一起来到这里,开启"知识基建之旅"。这个项目包括语言学习、文化浸润,当然,还有建造学校。

"哈本,你准备好了吗?"艾比站起来。

"当然了!"我也站起来,向沙堆走去。

何英把铲子递给艾比,坐在树荫下。

"铲子在这里。"艾比把铲子放在我手里。我点点头。我爸爸几年前就在后院教过我怎么用铲子了,所以我胸有成竹。

"这是筛子。"艾比拿铲子去敲了敲筛子。她把铲子挪到旁边。"大约一米宽,一点二米高。"铲子和艾比开始向左移动。"这是沙堆。"艾比把铲子插进一大堆沙子里。"我需要你把沙子铲起来,扔进筛子里去。"

"好的。"我又点点头。

我左手握着木柄,右手握着把手,从沙堆里举起了铲子。透过双手,我能感受到铲斗里沙子和石块的重量。我举着铲子走到右边,直到感觉到它碰到筛子。就是这里!我把铲子往右倾斜,把铲斗里的东西一股脑儿倒进筛子。

"太好了!就这样继续。"艾比走回树荫下,和何英坐在一起。

我把铲子插回沙堆里。

我可以的。

铲斗敲打筛子,把里面的东西倒进去。

我在建一所学校!

我把铲子插进沙堆更深处,举起来,走两步,倒进筛子里。我把铲子插回沙堆里,开始重复这个过程。我的脑子和身体都适应了这套流程。汗珠一颗颗从我脸上和后背滴下来。

我能胜任。我有能力。我在建一所学校!

"好了,够了。我们换个位置。"艾比说。

阴凉处真是清爽惬意。我觉得很累,但更多是因为炎热。我打开水瓶使劲灌水,直到不得不停下来喘气。

在接下来的一小时里,艾比、何英和我轮流筛沙。

"我们现在要交换工作了。"艾比告诉我们,"我们要去做砖头,另一队人会来这里筛沙。"

"所以筛过的沙子是用来做砖头的?"我问。

"没错。"

"酷。我能再灌些水吗？我的瓶子空了。"

"好啊，我的也是。"何英跟着说。

艾比领我们到大帐篷里。几十个人在帐篷里走来走去，他们的身体和动作都是一团模糊。艾比在一张小桌子前停下来，从我手上拿走了水瓶。她拧开瓶盖，往里面倒了些水，拧上盖子然后递回给我。她接着灌满了何英的水瓶，然后才是她自己的。

"我去看看法蒂玛怎么样了。"艾比走进帐篷里的人群中。法蒂玛是马里人，是"基建"在当地的合作伙伴，一人身兼多职：翻译，文化联络员，施工经理，还有很多别的头衔。

几分钟后，艾比回来了。"何英，你跟我来。"

我继续站在桌旁，不知道下一步该做什么。我面前出现了一个建筑材料和走来走去的人组成的迷宫。我身后，沙漠里的沙子一直延伸到我视线的尽头——诚然，并没有多远。

我感到又热又无聊，举起水瓶，又喝了一些水。

艾比回来了。"哈本，你今天已经喝得够多了。你有喝水过量的问题吗？"

我咧嘴一笑。"因为天气太热了，我总想喝水。"

"我得看着点你，姑娘。"

我大笑起来。"我现在能做什么？"

"我们现在做砖头。跟我来。"艾比向帐篷深处走去。我们周围的人又喊又笑。"这是奥马尔。"艾比停在一个高个子旁边，"你们要一起制砖。我要走一圈，看看每个人的情况。你们没关系吧？"

"没事。"

"好极了，"艾比说着，拍了拍我的肩膀，"祝你好运！"我转向奥马尔。

他开始说话，可我听不懂。

我试图用手势向他表示，我不明白他的意思。

奥马尔拉起我的手放在一根棍子上。他的手也放在棍子上，就在我的上方。棍子动了。透过它，我感到别的东西也在动。我们在搅拌一种黏稠的液体。

奥马尔把手移开。我继续搅拌。液体盛在一个长宽分别是六十和三十厘米的容器里。我一边搅拌一边猜容器里的液体是什么。沙子和水？水泥？混凝土？

奥马尔在叫我。我面对他，扬起眉毛。他伸手从我手里拿走棍子，把它放到一边。奥马尔走到容器短的那一边蹲下。唔，我想他大概想把它抬起来。我走到另一边，弯下腰，抓住金属容器的边缘。我感到容器被我们抬了起来。

奥马尔的手抬着它上上下下，我的手也跟着上上下下。我们两个人仿佛在太阳下起舞。

当我们放下它时，我注意到已经有一排类似的容器放在地上。奥马尔领我回到帐篷。他把一个新容器放在我们中间的地板上，开始往里面倒什么东西。他把棍子递给我，这一次我知道该怎么做了。搅拌，搅拌，搅拌。我想要奥马尔和所有马里人知道，我渴望帮助他们，尽管我并不是什么都懂。但搅拌我懂。当我把棍子绕来绕去的时候，黏稠的液体也随之在容器里打转。也许他们会叫我"搅拌的美国人"……

有个声音在我耳边大喊："哈本！"

我跳起来，手里抓着棍子，转身面对叫喊者。

"我已经跟你说过两次了，你却一直无视我。我只是想帮忙而已！"又是西蒙娜。

我深吸一口气。"西蒙娜，我没有不理你啊。我没有听见。"

"那你应该让我重复一遍。你为什么不说你没听见呢？"

"我是真的听不见你。我根本不知道你在跟我说话！"

"好吧，"她说，听起来不是很信服，"你现在要喝水吗？"

我的嘴唇绷紧成不快的线条。我把棍子递给奥马尔，

第八章 沙漠里的水之战

拿起水瓶打开瓶盖，啜了一口，然后盖上。

"这不够。"

我震惊地看着她。她为什么要找我麻烦？我气得手指都僵硬了，但我还是打开瓶子，往喉咙里灌了点水，盖上瓶盖。我放下瓶子，转身背对着西蒙娜，继续开始搅拌。

"哈本，我只是想帮你。艾比让我确保每个人都大量喝水。你可能会脱水。不要等到口渴了才喝——如果你感到口渴，说明你已经脱水了。"

我的手紧紧抓住棍子。"西蒙娜，我知道怎么喝水。"

"我只是在做我的工作。"说话间，她已经走开了。

我搅拌的时候，棍子敲得容器四周砰砰作响。我不需要提醒！他们都认为我这么弱？

放下愤怒，我告诉自己：放下恐惧，放下怨恨。这不值得，我本可以有更多力气去搅拌。

搅拌之中，我的沮丧也随之而去。我要记住保持谦逊。我是一个在湾区长大的十五岁的美国青少年。关于在沙漠环境里保持水分，我的确不懂，但这没有关系。

无论有视力或没视力，有听力或没听力，没有人什么都懂。谦虚地承认自己不知道，会打开通往知道之路的大门。

第九章 非洲之夜大冒险

马里，基涅村。2004年春天。

"想和我们的寄宿家庭一起玩钓鱼游戏吗？"我问何英。

"好啊，"她说，"但我们要怎么教他们玩呢？我们又不会说班巴拉语。"

这是我们在基涅村的第二晚。尽管在工地辛苦了一整天，我还是兴奋得毫无睡意。我们六十平方米的房子四面都是泥砖墙。我们坐在房间里唯一的家具——一张大木床上，床上铺着我们的睡袋，充当床垫。我们直接睡在睡袋上面，因为即便是晚上，这里还是很热。

"我知道班巴拉语的数字怎么说。"我告诉她。

"好吧，如果只会说数字，能教他们玩吗？"

"也许吧。我们可以试试，对不对？"

"可能吧……"

第九章 非洲之夜大冒险

我从床上爬下来,走到靠床放着的行李袋旁。虽然拉上拉链可以防止虫子爬进去,但把手伸进去的时候我还是感到有点紧张。我的手摸到了衬衫、裤子、肥皂……有了!我拿出一小盒卡片,然后把拉链拉上。

"嘿,你们好吗?"艾比和另外一个人站在我们敞开的门口,离我左边一米的距离。

"我们很好啊。"我站起来,手里拿着纸牌,"我们正想和孩子们玩钓鱼游戏。你看能找个翻译帮忙吗?"

"易卜拉欣在这里,他可以帮点忙,但之后我们就要去查看其他人了。我看你已经有牌了。带我们去吧。"

走进外面温暖的夜晚中,我转向翻译易卜拉欣。"你能问问孩子们想不想玩游戏吗?"

"当然。你要在哪里玩?"他的口音有点熟悉,让我想起了大陆东部的家人。他说的话可比夏令营时英国辅导员的口音容易听懂多了。

"这儿。"我指着一把孤零零地放在我们屋子门口的椅子,"你问问他们能不能多带几把椅子来,行吗?这样我们就都能坐下了。"

易卜拉欣走到三米外的另一所房子里。我耳朵里传来响亮的声音。我知道他们一定在说班巴拉语,但我的耳朵只能把语言分成两类:可理解的和不能理解的。

孩子和大人们都出现在我们屋子门口，有的正在跑来，有的拿着椅子。我用手势示意他们把椅子围成一个圈。我、何英，还有另外四个孩子依次坐在其中的六把椅子上，还有十个人围成一圈站着，有说有笑。

我一边分发纸牌，一边用英语讲解如何玩钓鱼游戏，易卜拉欣在旁边翻译。"好的，他们明白了。"他说。随后他就跟艾比一起离开了。

"你想第一个出牌吗？"我问何英。

她低头看手中的牌。"班巴拉语里的'九'怎么说？"

我数着手指头，心里有个声音在跟着念：克勒，非拉，萨巴，纳尼，杜鲁，乌鲁，乌兰弗拉，谢金……科诺顿。

"科诺顿。"何英对着坐在她对面的一个孩子说。"科诺顿？"她举起一张牌，指了指那张牌，然后又指着那个孩子，"科诺顿？你有科诺顿吗？"

我笑了。这个游戏让我想起当年跟孩子们一起弹琴的岁月。"也许他们没有那张牌。"我转向那个孩子，"说'钓鱼'。"

"钓'姨'！"一个女孩大声喊道。

何英从主牌堆里抽出一张新牌。

"轮到你了。随便问一个人。"我告诉那个女孩。我手指着其他人转了一圈。我竖起耳朵，等着听那个女孩有什么反应。"到你了。"我指着她。

"乌鲁。"她说。

我看看何英。"她在问谁?"

"你!"

我笑起来。我左手拿着牌,用右手食指滑过每张牌的左上角。几个月前,我把这些牌放在一台盲文打字机上,在每一张的左上角都压上了数字和花色。我的家人和朋友会玩很多种纸牌游戏,所以我左手展牌,右手读牌已经十分熟练了,与此同时所有的牌都竖成扇形,以防其他玩家偷看。

"她拿的是个'六',"何英说,"你有'六'吗?"

"我这儿有个乌鲁。"我把牌递给女孩,她接过去。"我要问她叫什么名字。接下去?"

女孩说了些什么,他们都笑了。我疑惑地看了何英一眼。"她说了什么?"

"我也不知道。"何英在椅子上向前倾了倾。"接下去?"几个孩子大声回了些什么。"我想他们在说……坎佳?"大家咯咯笑起来。

"坎佳,到你了。"我微笑着示意,"你来问我们。到你了。"

坎佳和其他几个人热烈地交谈了几句。

"她拿了一张 J 牌。"何英说。

"她问的是谁?"

"你。"

我在手里一把牌中找到了 J 牌,抽出来递给坎佳。

孩子们继续在我们周围聊天。我听到坎佳说"乌兰弗拉",意思是"七"。

"她问你要一个'七'。"何英宣布。

我的右手食指掠过我的牌。"这是'乌兰弗拉'。"我把它递给坎佳。"你玩得很好!"我微笑着鼓掌。

"萨巴。"我听见身后某处有人在说。那是我妈妈的名字,也是班巴拉语里数字"三"的意思。

"萨巴!"坎佳喊道。

我转来转去。五个人站在我身后,他们都能看到我手里的牌。"别看了!"

他们笑起来。围坐成一圈的孩子们也笑了。

我站起来挥舞着手臂做出驱赶的动作。"不!不!不!"那一小群人一边咯咯笑一边走开了。

我坐下,转向何英。"他们一直在偷看我的牌!"我检查身后还有没有人,"如果他们再来偷看,你能告诉我吗?下次我再见到易卜拉欣,我要问他'骗子'怎么说。"

"我们要不要重新开始?她刚刚得到的分数不能算。"

"这倒是真的……"我转来转去。有两个人又站在我后面。"不！不！"他们退散了。

这些小孩！他们就是要捣乱。我不能这样玩牌。我不能再一直回头看了。

"你知道吗？"我想起了搅拌砖块混合液那次的沮丧心情，"也许我没能将游戏规则解释清楚。也许翻译过程中漏掉了什么信息。谁赢并不重要。孩子们玩得很开心，我也很开心。直到这些家伙……"我给他们一圈警告的眼神。他们笑起来。"我们可以让这成为游戏的一部分。钓鱼和窥探。"

"我想可以……但我看不到他们的牌。"

"我也看不到。"我咯咯笑起来，"这游戏他们占上风。"

"萨巴！"孩子们在喊牌。有几个孩子唱了起来："萨巴！萨巴！萨巴！"

"她拿的是个'三'。"何英说。

我翻了个白眼，没有什么比这更有趣了。"给。"我抽了一张"三"递给她。

何英和我继续与孩子们玩牌。每隔几分钟我就转过身去呵斥那些间谍。等我一回过身，他们又出现在身后了。坎佳赢了游戏，意外吧？我们又玩了三圈，不同的孩子赢了三回。他们互相配合，间谍就在我身后，大声把我的牌读出来。他们就这样在游戏中打败了我们。

"我玩累了，"何英说，"告诉他们游戏结束了。"

"晚安！"我对他们说。我和何英开始收拾纸牌。全部收好之后，我边向孩子们挥手，边走向我们的屋子。"明天我们再玩。艾尼塞。谢谢你。"

我和何英刚把门关上就听到有人敲门。何英打开门，我也走到门口。有两个成年人站在门口。"来吧，丹兹。"其中一个说。

"你认识他们吗？"我问何英。

"其中一个是我们寄宿家庭的爸爸。我不记得他的名字了。"

"约瑟夫。"

"丹兹，"他重复道，"来。"

何英又是摆手又是摇头。"不了，谢谢。"

"来。丹兹。"他指着我们的右边，一条贯穿整个村子的路。

我摇摇头，退后一步。"不了。"

约瑟夫假装像弹吉他一样弹他的手杖。"来！丹兹。"他放下手杖，绕着它跳舞。

我的决心融化了。"如果他想告诉我们，我们的朋友在跳舞呢？我听说他们有时候会开舞会。"

"但如果有舞会，艾比会告诉我们的，不是吗？"

"也许他们让寄宿家庭给我们传递信息。这可能是即兴的。我想去——你想去吗？"

"嗯……好吧。"

"啊哦。"我告诉约瑟夫：是。

何英和我走到屋外，关上门。另一个人走开了。约瑟夫右转，走上那条路，一条我们从未走过的路。我们走在他身后，除了好奇还是好奇。何英的手电筒照亮了前面的路。

我们走在一条似乎无限延伸的土路上。在我左边很远的地方，我能看到高高的树的轮廓。在我右边是开阔的灌木丛。微风吹拂着我的皮肤，温度恰到好处。

"博洛。"约瑟夫指着天空。

"博洛？"我抬起头。天空像一道黑色幕布，缀着几十亿个闪烁的光点。星星离我们那么近，没有了城市的灯光，清晰可见。不知为何，我的视力不能让我看到约瑟夫的微笑，却能让我看到星星。视觉有一种神秘的运行机制。

"沃洛。"约瑟夫指着天空。

"沃洛？"

"洛洛。"他指了指天空。

"啊哦。"他表示肯定。

"洛洛。"我也指着天上的星星,"星星。"

约瑟夫说了什么,但我听不清。

"星星。"我重复。

"星星。"

"啊哦!"我开心地笑起来。

我们继续走着,何英走在我右边,约瑟夫拿着他的手杖走在我左边。过了一会儿,约瑟夫又指着天空。"啊洛。"

"啊洛?"我问。

"迈洛。"

"迈洛?"疲倦开始向我袭来。在工地上劳动了一天,学习适应一个新的环境,教孩子们玩钓鱼游戏,现在还要竖起耳朵听约瑟夫的声音。积少成多,从早到晚的努力让我疲惫不堪,未知让我疲惫不堪。

"亚洛。"约瑟夫再次指出。

我耸耸肩,摇摇头。

我们安静地走着,离村子越来越远。除了刚启程的地方,一路上连树都没有。何英的手电筒照着空荡荡的路,除此之外,周围一片黑暗。父母讲过的故事潜入我的脑海:狮子,鬣狗,还有蛇。

"他要带我们去哪里?"何英问道。

我紧张极了,但努力保持镇定。"我不知道。"

第九章 非洲之夜大冒险　101

"这里一个人也没有！"何英沮丧地说，"这一路上我连一间房子也没看见。"

在为这次旅行做准备的时候，我读到过一些人会从村子里偷孩子，强迫他们在可可种植园里工作的故事。恐惧穿透了我。如果他绑架了我们呢？他可能正指望种植园主付给他一笔可观的报酬呢。他完全可以告诉我们这一切，我们反正也不明白，就像我们不明白现在要去哪里一样。

"也许我们应该回头。我们只需要沿着这条路走回去就行了。"

何英停下脚步，把手电筒转向我们来时的方向。约瑟夫把手杖指向前方，示意我们继续往那里走。当我意识到他的"手"杖可能有别的用途，呼吸越发急促起来。

何英把她的手电筒照向前面。"我想我看到前面有很多屋子。"

这条小路把我们带到了另一个村庄，那里到处是和我们那边一样的小房子。它们的存在像是能在周围绵延数千米的开阔灌木丛中保护我们的安全。我稍微放松了一点。至少在这里，喊一声会有人听见。

约瑟夫带领我们走过去，在房子周围穿梭。我看到前面有一团巨大的光——火堆。当我们在火堆前停下来时，我注意到有一群人坐在火堆旁。其中几个人站起来向约瑟夫问好。他们也直接向我们问好。何英和我没有回应。现在怎么办？他们是谁？他们要对我们做什么？

一个男人走向何英和我。他指着火堆旁边的一座房子。约瑟夫也指着房子。两个人双手合十，歪起头，把头靠在手上。

恐惧攫住了我的心。"他们要我们睡在那里！"

"我可不要睡在那儿！那是谁的小屋？"

"我也不知道！我也不要睡在那里！"

何英一边摇头一边摆手。"不！不！不！"

我往后退了一步。"不！"约瑟夫越界了，他没有借口。没有文化上的误会，没有语言上的障碍，没有任何可能的解释让他认为我们会同意和陌生人一起睡在一间陌生的小屋里。我知道班巴拉语的"不"怎么说："啊伊！啊伊！"

门开了。

"嘿！"有人从里面喊道，"哈本和何英！你们在这儿干什么？"

"扎基亚！"何英高兴起来。扎基亚是另一个来自美国的学生，我们当中的一员。如果这是她寄宿家庭的屋子，那么乔瑟琳也可能在里面。我们还在村子里！

"我们寄宿家庭的爸爸带我们来这儿，"何英解释道，"我们不知道你们在这儿。你们在干什么？"

"乔瑟琳和我正准备睡觉。我出来就是因为听到一阵骚动。"

"抱歉吵醒你了,"何英向她道歉,"你能让约瑟夫带我们回去吗?"

"当然!"扎基亚开始用另一种语言说话。也许是班巴拉语,也许是法语。

约瑟夫带我们在迷宫般的一座座小屋间穿行,把我们带回了家。

回家的路上,我拖着步子跟在约瑟夫后面,尴尬无比。

非残疾人对残疾人生活的预设给我造成了很多困扰。而现在,我也需要审视一下自己的预设了。

第十章　对全村守口如瓶

马里，基涅村。2004年春天。

施工现场充满活力。经过几天的劳动和高温下的炙烤，汗水和灰尘在我的皮肤上结了一层壳。这里的供水有限，我们每周只能洗一次澡。

"你还好吗？"

一个男人的声音。我转过身，抬起头。他很高，戴着一顶大大的墨西哥阔边帽，这使他显得更高了，在一群人中间鹤立鸡群。是丹尼斯，他是湾区的高一学生。

"嘿，丹尼斯。我，嗯……"我尴尬得脸在发烫，但我不想让他发现。"艾比，"我咕哝道，"我在找艾比。你能帮我找到她吗？"

"当然，我看到她了。"丹尼斯消失在帐篷里。

我本想自己解决这个问题，但我现在得和艾比谈谈。来到马里有一部分原因是为了向父母证明我能照顾好自己,请求帮助能算照顾好自己吗?我仍然是一个有能力、合格、有责任心的女性。对吧?

丹尼斯出现了。"艾比来了。"

"谢谢。"我慢慢转过身面对艾比,内疚使我的胃翻江倒海,"我能和你谈谈吗?私底下?"

"私底下,嗯?"艾比靠过来,"你有秘密?"

我羞得瞬间满脸通红。

"我只是在逗你啦!好吧,让我看看我们能去哪儿。"她领着我走出帐篷。我们经过一排排在阳光下烘烤的砖坯。离砖差不多三十米的地方,艾比停在一棵树旁。"好了,这里没人能听见我们。"

"好吧。嗯……"我咽了口口水。

"我猜猜——你的羊水破了?"

"我的水瓶没破啊。"我不解地看了她一眼。

"对不起,这是个烂笑话。"她换了一个更严肃的口吻,"怎么了,哈本?"

我深吸一口气。"还记得你说过我们带的东西都要是能生物降解的吗?肥皂、卫生纸,所有东西。嗯,我是这么做的。"我停顿了一下,鼓足勇气说下去,"可是……我带来的可生物降解的卫生棉条不好用。"

"不好用?"

"不好用。"我的表情恳求她别继续问下去了。

"呃,你知道这儿的女人是怎么做的,对吗?"

我脸红了。艾比站在那儿,等待我的回应。"她们用的是布条,洗干净了再用。如果万不得已的话,我也可以这么做,但我真的希望我不必这么做。你能帮帮我吗?"

"我看看我能做些什么。"

"谢谢!不管怎样我都会没事的。我能照顾好自己。只是如果你能帮我,如果你恰好有多余的棉条,我会非常感激的。"

"哦,我可不担心你,你做得很好,其他那些孩子……"

我精神来了。"什么?谁?他们做了什么?"

她笑起来。"哦,哈本。"

"嗯?"

"我不会说的。但相信我,这没什么大不了。我看看能不能给你找到什么。你还能继续在这儿干活吗?"

"如果可以的话,我想洗个澡。"

"当然,我去问问法蒂玛。"

艾比去找法蒂玛,两个女人聊了一会儿。我不知道艾比跟她说了多少。请人帮忙总会让情况失控。秘密可能很快就被越来越多的人知道。但我还是信任艾比和法蒂玛。她们不会告诉别人,这件事只有我们三个人知道。

第十章 对全村守口如瓶

我和法蒂玛走回大院。从工地到村子中心的道路两旁有一些树。树木提醒了我，尽管高温骇人，闷热难耐，但这儿毕竟不是沙漠。

在院子里，法蒂玛和另一个女人交谈。女人离开，然后提着一个桶回来。

"好了，这里有水，"法蒂玛说，"你可以用它来洗澡。"

"有没有杯子或者什么东西可以舀水用？"我问。

"有，就在里面。"

"好的，太好了。"我微笑，"那么我们一般都在哪里洗澡？"

"你在浴室洗吧。"

这里的浴室是一个小房间，四面矮墙围住地上的一个洞，没有屋顶，洞里一直散发出难闻的臭气。

我尽量不表现出沮丧。"好吧，我想我知道了。谢谢，法蒂玛。"我转向另一个女人，用班巴拉语说了谢谢："艾尼斯。"

我朝我的房间走去。走过左边两栋房子，就是我的小屋。这是一小段大约九米的步行路程——我至少走了十几次。大量喝水必有其后果。

我脱下运动鞋，换上人字拖，在背包里摸索，拿出干净的衣服、毛巾、肥皂，还有一个新的、令人沮丧的、劣质的、可生物降解的卫生棉条。这可能是男人设计的。老实说，没有哪个女人会把一个如此重要的东西设计得这么一无是处。

我把这一堆东西抱在胸前，走回浴室。一踏进里面，臭气就迎面给了我一拳。我憋着气，肺又开始疼。我小小地吸进一点气，尽量只用嘴呼吸。

接受这种气味需要很大的努力。我告诉自己没事，这是人的气味。

我把衣服和盥洗用具放在砖墙上面，人们上厕所只能蹲在地上，由于这个空间是为蹲坑而设计的，四周的墙就只有一点五米高。我意识到我洗澡时也必须蹲着。试论什么叫别扭。

回到外面，我吸满一口新鲜空气，提起桶，拎进臭气熏天的浴室。

艾比很快回来了。"你的澡洗得如何？"

"嗯……感觉真好，焕然一新。"

"好极了。我给你找来了一些旧布条。"

我失望地撇了撇嘴。但我立刻意识到这是对他人的不尊重，我不应该去评判当地的风俗。

"谢谢。"我拿过那一小包东西，在手中打开。是卫生棉条！我欣慰地笑了。

"这些应该更好用。如果不行,告诉我,我们再想别的办法。"

"谢谢!"

"没事。就这样?你还需要什么别的吗?"

"有的,我想要是能把衣服洗了就好了。"我告诉她,"我带了洗衣皂,还需要几桶水就够了。"

"我可以帮你问。我猜你以前手洗过衣服吧?"

"是的,在厄立特里亚。我外祖母有一台洗衣机,但她从未用过。我想它可能坏了,或者可能只有当屋顶的水箱里有足够多水的时候才能用。我不记得具体是什么原因了,只记得当时我们所有的衣服都是用手洗的。"

"那你是专业选手了!也许你能帮我也把衣服洗了。"

我的脸又发烫了。"我不是什么专家啦。但如果你需要诀窍,我可以传授一些。"

艾比笑起来。"我开玩笑啦!我去给你找几个水桶,马上回来。"

十分钟后,我跟着艾比走到隔壁房子靠墙的长凳旁。有一个女人坐在那里。

"她主动提出帮你洗衣服。"艾比解释道。

如果她帮我洗,那么她就会知道我正在经期。如果她知道,那全村人都会知道!

"不，阿伊。"我断然摇头，指了指我自己，又指了指那包衣服。

那个女人站起来。她和艾比说了一会儿话，然后离开了。

我松了一口气。我读到的一篇关于马里的文章里说，处在经期的妇女会被送到一所特别的房子里居住。他们该不会要把我送走吧？

"还需要什么吗？"艾比问。

"不，不需要了。"

"好的，回头见。"

我从包里掏出一条裤子，浸在水桶里，开始洗衣服。

洗啊，搓啊，冲啊，拧啊。水溅在我的手臂上。冰凉，舒缓，清新的水。一个可耻的想法突然出现在我的脑海里：我在洗衣服，而且洗得很开心！

盲洗衣服是很容易的，只要遵循一套方法就行。理想情况是有第三桶水可以二次漂洗，但鉴于我们在干旱地带，除非绝对必要，否则我不想再使用寄宿家庭更多的水。

我洗完了衣服，抱着它们走回小屋，放在床上晾干。在这样的高温下，衣服可能晾甚至一小时不到就干了。我把水桶拎到屋后，找到一个干净的地方，把里面的脏水倒了出来。我很高兴自己带了可生物降解的肥皂。

一个人路过，一个男人。可能是寄宿家庭其中一人。我把桶递给他。

他拿着水桶走开了。五秒钟后，他向我走来，嘴里大喊大叫。

我的心怦怦直跳。回想着自己做的哪一件事惹怒了他，我羞愧地站在原地迈不开步。

他又大叫起来，拿着水桶打手势。

我的肩膀随着困惑和抱歉上下起伏。"对不起？"我提醒自己，一个人提高嗓门并不意味着他一定生气。这可能只是一个很大的沟通失误。

那家伙依然在喊，还把桶举到我面前。

我低下头看着水桶。我的眼睛看不到任何不对劲的地方，我绞尽脑汁在想到底怎么了。也许他气我把水倒了？也许洗衣皂洗掉了水桶的颜色？也许有红色的污渍？

我的身体因窘迫而僵直，心跳越发地快。他知道了！全村都会知道了！

我的一举一动都在极力掩饰自己处在经期的事实，随之而来的害怕和担忧令人精疲力尽。我不知道他为什么不高兴，也不知道水桶到底出了什么问题。在某些文化中，月经是一种耻辱，但我可以试着坦然面对。毕竟，月经是几乎每个女人都会经历的事情。

我挺直腰杆,抬头看着那个人,用坚定有力的声音说:"这是可生物降解的。"

第十一章　翻越茅厕

马里，基涅村。2004年春天。

"嗨！"我向几个人打招呼。两个人坐在树荫下，还有一个人在筛沙子。

"嘿，哈本，"离我最近的人说，"是西蒙娜和伊丽莎白。"伊丽莎白是伯克利一所高中的英语老师。她为人十分体贴，无论我有什么问题，她都会第一时间回答。

我坐在她们旁边的沙子上，对这片阴凉满怀感恩。"你们猜怎么着？"

"怎么了？"西蒙娜问道。

"今天轮到我当水老板了。所以，你们今天喝水了吗？"我用调侃的语气掩盖我对工作的认真严肃。我要确保每个人都摄入足够多的水分，但我也要确保没人讨厌我一直纠缠他们。我还记得第一天西蒙娜监督我喝水的情景，真叫人难为情。

西蒙娜举起瓶子喝起水来，她身边的伊丽莎白也一样。

"我还是不敢相信我们明天就要走了。"伊丽莎白说，"离开太难受了。我会想念和你们一起工作的日子，想念我的寄宿家庭，想念和孩子们一起玩耍。"

"我也是。"我转动手里的水瓶，"你觉得我们回到湾区也会一起出来玩吗？"

"当然了！"西蒙娜说，"你真好。"

我困惑地看了她一眼。"你听起来很惊讶。"

"我不是那个意思！我想我有点畏惧。我觉得你太聪明了，不想做我的朋友。"

"西蒙娜，我觉得你超级聪明。我一点也不觉得我比你更聪明！你为什么会这么想呢？我是做了什么，还是说了什么？"

"我也不知道。我想可能是因为出发前的聚会上，每当艾比问问题时，你总是知道答案。"

我更加困惑了。"那是因为我看了相关资料啊。她所有的问题都是从发给我们的阅读资料里来的。"

"这就是问题——其他人都没看。"

我震惊地睁大了眼睛。"真的吗？"

"哈本，你是唯一一个知道答案的人。其他人都没看那些资料，文章太多了。我也想看，也试着看了，但我没时间……"

"我完全不知道。哇哦。"

我试着消化这个信息。旅行资料包里有各种各样的文章,解释马里的历史,基本的班巴拉语;另一篇文章提供如何负责任地旅行,以环保的方式打包行李的小贴士……等等!如果没有其他人阅读,那么我是唯一带来可生物降解产品的人吗?其他女孩肯定带的是她们的日常用品,而我却为保护这片土壤不受污染而牺牲了自己的舒适。很明显,读书确有不利之处。

西蒙娜继续说:"很明显你都读过了,我很遗憾自己没有读,我想我是以为你会因此不喜欢我。"

我叹了口气。"我的视力和听力跟你不能比,所以如果我不看那些资料,失去的就更多了。我想也许掌握了这些资料,我在团队里就能派上用场,比如我可以成为真人版谷歌。"

"我从没想过这些。"

这是一个尴尬的时刻,但我想最好还是让它赶紧过去。"我要去巡视大家喝水的情况了。"我站起来,"嘿——我注意到有一群人往那儿走了。"我指着工地左边的角落,"他们去干什么?"

"我也不知道,"西蒙娜回答道,"要我和你一起去吗？"

"好啊。"

西蒙娜转向伊丽莎白。"我和哈本一起去可以吗？"

"行啊，没事。约翰和我会轮流筛沙子。"

当我和西蒙娜走到工地最左边的角落时，我的眼睛捕捉到了一堵六十厘米高的砖墙。我感到一阵敬畏——我用自己的双手创造了这些砖头！长时间的苦力，铲、筛、搅拌和汗如雨下，才创造了这些砖头。这个来自奥克兰的十五岁聋盲女孩真的对这个世界产生了积极的影响。认识到这一点让我更加乐观。

我和西蒙娜走过校舍的地基。我们碰到一群站在附近的人，西蒙娜和他们中的几个人闲聊了一会儿，而我环顾四周，努力抓住视觉或听觉的线索。

法蒂玛走在我前面。"哈本，你呢？"

"什么？"

法蒂玛转过身来，面对这群人。"哈本，不。梅沙，不。西蒙娜，不。只有丹尼斯！为什么没有女孩来帮忙？"

我在后面叫起来："什么是'哈本，不'？"

有人站到我身边。"嘿，是艾比。"

"艾比！"我假装训斥她，"你有好好喝水吗？"

她笑了。"是的，女士。"

"很好。法蒂玛在说什么啊?"

"我们正在挖洞,给学校建一个茅厕。法蒂玛正试图让更多人来帮忙,到目前为止只有村子里的人和丹尼斯。"

"我可以帮忙!"

"你想帮忙挖厕所?"

我咧嘴一笑。"是的!"

"法蒂玛!"艾比招手让她过来,"哈本说她想帮忙。"

"好的!我会让他们知道。"法蒂玛走开了,边走边用班巴拉语喊着什么。

我转向艾比。"他们具体在做什么?"

"你的意思是你提出要帮忙,却不知道具体怎么帮?"

我笑了。"你了解我的,我什么都想尝试。"

"我喜欢你这点。丹尼斯现在在下面,他有一把镐,正在破土动工,他们时不时要把挖出来的土铲走。"

艾比领我到茅厕边上。我看到地上有个长方形的洞,大约三米长,一点五米宽。

"有多深?"

"大概一点八米深。丹尼斯,你能帮她跳下来吗?"

我不需要人帮忙。我的腿好好的。我坐在洞的边缘,两腿悬在空中。往里看,我发现丹尼斯在另一头挖土。很好,道路畅通。我把脚对准洞的中间,推开壁架,跳进了茅厕。

丹尼斯接住了我。他用胳膊架着我,把我放在地上。我发现有些人的身体竟然有这般力量、速度和协调性,突然觉得有些厌烦。他怎么能出手干预呢!

当我从他身边走开时,膝盖感觉很虚弱。"你有在喝水吗?"

"你干活时我会喝的。"他说。

"好吧,但首先你得告诉我该怎么做。"

丹尼斯蹦到洞的另一头。他举起一把镐递给我。长柄上有一层污垢,沾满了我的掌心。我的手顺着摸到了镐头。一边尖尖的,另一边有正方形表面。我转动它,使尖尖的那头朝下。

丹尼斯跟在我后面。他伸手拿起一把放在我旁边的镐。他慢慢地把镐举过我的右肩,然后把它放在地上。我也举起手,走两步,放下。我跳萨尔萨舞时学会的动作派上了用场。他重复了一遍动作,然后又重复一遍。

兴奋的感觉在全身扩散。我清清嗓子,说道:"好了,我明白了。"

丹尼斯从我右边走开,把镐递给我。

我把镐举过肩膀,砸到我面前的地上。比我想象的容易。举起来,再砸向地面。上,下。上,下。残酷的阳光照在我们身上。地下一点八米,没有微风,茅厕很快变成一个烤箱。汗珠从我脸上滑落下来。上,下。上,下。每敲击一下,都凿向地面的更深处。

我看了丹尼斯一眼。他高大的身影就站在离我一米远的地方。要是能看见他脸上的表情就好了。他在看着我吗?还是盯着坑顶的人群?他很喜欢在别人辛苦的时候享受清闲吗?他介意跟一个女孩一起工作吗?还是说他只把我当作一个残疾人?

我用力把镐砸向地面,敲得它嗡嗡直响。我的胳膊、肩膀、膝盖、腰腹都在使劲。我想坚持,但浑身酸痛,筋疲力尽。

我把镐递回给丹尼斯。他拿着向另一头走去。

我在墙上摸索梯子或者脚凳。"我怎么出去?"

一只胳膊环住我的背,另一只胳膊环住我的膝盖。丹尼斯把我举到空中,我的脸颊开始燃烧,我被越举越高,直到超过他的头顶。我把手伸向壁架,滚到坚实的地面上。

人群中笑声荡漾开。艾比双膝跪在我身边的地上。"你没事吧?"

"没事。"我爬离洞口边缘,站了起来,"我想靠自己爬出来。"

"这个洞很深的,每个人都需要撑一把。"

"哦。"

"你在下面很棒。"艾比说,"你们合作得很好。"

我的脉搏加快了。"大家都合作得很好。"

"嘿,那是什么表情?"

我试着调整表情,还是忍不住笑了。"你告诉我你的秘密,我也会告诉你我的。"

"一言为定。"

第十二章　厘清爱和控制

加州，奥克兰。2005年夏天。

在我高中四年级开学前，一个八月的下午，我父母两人走进了我的房间。我妈妈萨巴坐在我旁边的床上。我爸爸吉尔玛坐在我床边的转椅上。

"哈本，你应该留在湾区上大学。"萨巴拉起我的手，"我们知道你很聪明，但你不能去别的州上大学。"

"我会没事的——我连马里都去过了。"

"听萨巴的话，"吉尔玛恳切地说，"我们在明尼苏达、马萨诸塞或其他任何地方都没有亲戚。那些地方太远了。"

我笑着，尽力表现出"不必担心"的样子。"我都去过马里了。"

"别说这个了！"萨巴晃着我的手，仿佛想让我清醒点，"这与马里无关。好吗？我们谈论的是大学。你是全A的优等生，完全可以去伯克利或者斯坦福。你为什么不申请斯坦福大学呢？我们每个周末都可以给你带食物，厄立特里亚家常菜哦。"

"事实上，我刚刚正好看到新西兰有一所很棒的大学。"

"哈本！哎呀。"吉尔玛站了起来，"你根本没在听！"他气得深深叹了口气，"我们稍后再谈。"说完，我父母走出了房间。

我松了口气。如果我在这里上大学，全部精力都要花在应付他们无穷无尽的担忧上。我不能跳舞，因为他们累了一天不能开车送我，但他们也不想让我乘坐公共交通工具，因为"这不安全"。他们想送我，但劳累了一天，力不从心——吉尔玛在实验室做技术员，萨巴是护士助理。一位定向和行走的指导老师向他们解释过，我有独自乘坐公交车或是地铁的能力。但他们还是直摇头，喊着"太危险了"。我的很多梦想都没过得了父母这一关，跳萨尔萨舞也一样。

不过，他们有一点是对的：大学不会像马里那样。我不会有艾比一起头脑风暴。事实上，我谁也没有。他们知道在一个没有社会关系的地方生存是多么挣扎煎熬，所以不希望我也经历这些。

那我要怎么上大学？怎么才能解决问题？

然后我意识到一个完美的解决方案：导盲犬！我要在

上大学前的夏天得到一只导盲犬。太棒了！

我的电脑弹出一条信息，是我的朋友布鲁斯，他是个大学生，也是全国盲人联合会的领导者。我告诉他我想得到一只导盲犬的计划。

布鲁斯：你想要依靠一只狗来获得自信吗？

哈本：你这么说可真有意思。

布鲁斯：导盲犬学校实际上要求申请者在得到导盲犬之前具备很强的手杖行走技能。如果盲人本身没有信心，那么狗和人最终都会迷失方向。不要依赖狗来获得自信。建立自己的信心。在盲人联合会的培训中心发展你自己的技能。我去了路易斯安那州那家。

哈本：你为什么去路易斯安那州那家？

布鲁斯：因为那儿最严格。就像盲人训练营。那里的工作人员要求很高，许多声称帮助盲人的机构对你的要求很低。有一个方法可以测试一个培训中心设置的期望值是否够高，你可以去问那里的指导老师他们自己是否可以蒙眼完成这些培训课程。我听说有很多盲文老师只会通过眼睛来阅读盲文，却不能用手指读盲文。

哈本：哇哦。

布鲁斯： 这会让学员很沮丧，还有一些视力正常的手杖行走指导老师，自己根本无法闭着眼穿过时代广场，所以他们会告诉学员这么做不安全。

哈本： 我打赌我能穿过时代广场。

布鲁斯： 你可以申请纽约大学或者哥伦比亚大学。

哈本： 嗯……也许吧。

布鲁斯： 害怕了？

哈本： 不可能！我可是去过马里的。

布鲁斯： 我知道。无论你的决定是什么，有一点要记住，那就是导盲犬没法教会你盲人技能。

哈本： 你的意思我明白了。

布鲁斯： 盲人培训中心会帮助你掌握更多盲人技能。依靠你自己来获得自信，自信来自内心。

哈本： 我喜欢这句话！自信来自内心，不来自狗，不来自手杖，不来自船，不来自飞机。自信来自内心。

经过对培训中心的一番研究之后，我决定选择路易斯安那州盲人中心。花上一个夏天完成高强度的盲人培训项目，我将一辈子不用担心盲人如何做这做那。

我的父母不会喜欢这个计划。我越是自信，他们就会越发失去对我的控制。不能继续把我安置在舒适区让他们感到害怕。不过，值得赞扬的是，跟大多数残疾孩子的父母相比，他们已经给了我更多的自由。其他父母可不一定会让他们患有残疾的女儿去马里。我的父母爱我，为家庭付出，我很幸运。尽管感激，我的心还是热烈地跳动着，告诉自己：去，去，去！

去吧，比起安全地坐在场外，跳舞让我快乐。去吧，即使会有无数个夜晚伴着眼泪入睡。去吧，我的家族故事也鼓励着我探索未知、荣耀的宏伟世界。

我的父母最终会理解我的。我们能厘清爱和控制。我会说服他们让我参加路易斯安那的训练营。至少告诉他们我不去新西兰上大学。至少，暂时不去。

第十三章　我父母不该读这一章

路易斯安那州，拉斯顿。2006年夏天。

　　路易斯安那盲人中心（LCB）位于一个叫拉斯顿的小镇上。我高中毕业后就来到这里。大约有十五个来自全国各地的成年人在这里提升盲人技能。像我一样还有一点视力的学员会戴上眼罩，确保我们能真正学到非可视技能，而不是依赖我们仅存的视力。学员需要知道，即使在光线不好的情况下，或如果有一天残余视力消失了，他们也能完成自己想做的事情。

　　木工班成了我的最爱。每次我掌握了一种电动工具，我都觉得自己在重新定义做一个盲人的意义。有些学生觉得工具很可怕，但我不这么觉得。你好，摇臂锯！

　　轻轻一按开关，咆哮的野兽就复活了。旋转的叶片发出轰鸣，足以盖过其他所有噪声。桌子因巨大的力量而战栗。叶片能轻易切掉一根手指，或很多根手指。

第十三章　我父母不该读这一章

我一只手握住把手，另一只手按住一块长木头。我拖动把手，让锯条锯进木头。我的手抑制住锯条穿过木块产生的强烈震动。木屑四散飞扬，我能闻到的只有木头的味道。

突然，左手感到木块骤然脱离。切断了！

关掉电锯，我把机器放回原处。这块木头有十厘米长，五厘米宽，五厘米厚。这是盲文块的最佳尺寸。只要我在上面钻六个孔，切六个楔子，木块上的楔子就会组成盲文字母。

木工坊的指导老师JD负责教学员使用电动工具，这样学员就可以吸取一条重要的教诲：失明并不能阻止我们使用危险工具。我们可以找到一种安全的方法来使用摇臂锯和其他机器。

我爸爸喜欢工具，尽管对我爱护有加，他还是教了我如何使用锤子和螺丝刀。电锯他倒是没教过，他说："不安全。"我也就同意了。

当JD教我如何使用摇臂电锯时，他戴着眼罩——他不需要看见就能教我如何使用电锯。上过几堂激动人心的课之后，我们都认为我可以独立操作这把电锯了。

我一手拿着木块，一手拿着手杖，走回主工作台。手杖大约一点五米长，连接我的手和前方的地面。在我走路的时候，轻轻从左往右敲击手杖会提醒我注意两边的物体。手杖很快就碰到了坚硬的东西，根据经验，那应该是桌子。我用手杖绕着桌子走了一圈，直到感觉到自己的座位。我坐下来，把手杖滑进桌子下面。

这张桌子旁边还有JD和两个学员。我听见他们在说话，但听不清说的是什么。其中的一个学员凯莎和我合住一套公寓。她在路易斯安那州长大，也刚刚高中毕业。另一个学生卢克，来自俄亥俄州。他也是刚毕业的高中生。

我们有一个精巧的小工具，叫作嘀嗒尺。这是一种管状测量装置，每当里面的金属棒滑出管子的时候，每隔一点五毫米它就会发出嘀嗒声。金属棒的顶部有一个旋钮，所以我可以用它锁定一个特定的量度。我忽略嘀嗒声，数了数金属棒上面的触觉标记。我在用嘀嗒尺来计算盲文块上六个孔的准确位置。划针是一种类似铅笔的工具，用来在木头上做记号。当我把所有六个点都标记好，下面就可以用钻孔机打洞了。

如果我选的是全项目，我就可以进阶到制作首饰盒、橱柜、落地摆钟这样的物件了——基本上任何东西都可以做。大多数学员会在中心待上六到九个月，这样他们就有足够的时间制作大型物件了。凯莎和卢克正在学习完整课程，为此推迟了大学入学日期。但我只在这里待一个夏天，所以就做不成首饰盒了。

在烹饪课上,我做了一个肉饼,然后把它分给了其他学员。烹饪老师惠特尔夫人答应我们下次做素食。

只有大约百分之十的盲人会读盲文。文字-语音转换软件能帮盲人获取信息,但这跟识字还不一样。一些盲人孩子直到长大之后还以为"很久很久以前"是一个词。学盲文可以发展阅读和书写能力,为未来争取更多的工作机会。所以盲文是 LCB 培训中非常重要的一部分。这里的老师表扬了我读盲文的能力,时不时就请我边认边大声读给其他同学听,以此来说明,盲人也可以为盲人读书。

在计算机课上,我们用屏幕阅读器(一种将屏幕上的图形信息转换为语音和数码盲文的软件应用程序)学习了互联网知识。我用键盘上网,而不是鼠标。

在这天的最后一节课上,我和我的旅行指导老师切特穿过拉斯顿,在不同类型的街道和铁路交叉口行走。LCB 就在一条铁路旁边,火车整日疾驰而过。我们都习惯了。LCB 希望学员在课程结束后能够去任何地方旅行,能安全穿行各种交叉路口。

一天下来,我已经筋疲力尽。走出门,外面炎热潮湿的空气像海里的巨浪一样迎面砸来。

"嘿!这是谁呀?"有人从后面喊我,他的手杖碰到了我的鞋子。

我转过身。"是哈本。"

"哈本！你做的肉饼真好吃。"

"谢谢，卢克。"

"你也要回公寓吗？"LCB 的学生公寓距离主楼大约要步行二十分钟。

"是的。"我挥舞手杖开始走路。

卢克走在我旁边，他把手杖向左边敲的时候，我正好把手杖往右边敲。砰！"对不起！"卢克赶紧把手杖拿开。他走到右边，我们中间现在距离更大了。

"没事，这是常有的事。"我继续走路。

我们在一个十字路口停了下来。盲人要想安全过马路，靠的是对交通模式的理解。LCB 的旅行指导老师会带学生去陌生的十字路口，让他们分析交通工具的声音，直到他们能够识别出十字路口的类型：是一个信号灯控制的 T 形交叉路口、一个四向停车标志，还是一个繁忙的停车场？平行行驶的车流声听起来不同于垂直行驶的车流声。当绿灯亮起时，向前方冲去的汽车也有截然不同的声音。

像我一样有其他残疾的盲人也会使用其他技术。我经常分辨不出声音的方向，也错过了很多声音。我有限的视力只能让我看到距离三米左右的汽车，只够从安全的人行道来辨别路况。视觉和听觉线索结合在一起基本上是可行的。当我弄不明白的时候，我会向行人寻求帮助，或者移到另一个十字路口。

在 LCB 拐角处的交叉路口是一个停车标志控制的 T 形交叉路口。和我们平行的车流开始移动，我也开始过马路，手杖先行。卢克走在我的右边。我试着保持一定的距离，以防我们的手杖相撞。

卢克对我说了什么，但我听不见，到了十字路口另一边，我让他重复这个问题。

"你今晚打算做什么？"

响亮的铁道路口铃声开始响起。

"哦。"我停下来，卢克也停下了脚步。

"你听到我说的话了吗？"卢克问道。

"是的。"你今天晚上打算做什么。多么意味深长的问题！如果我告诉他"没什么"，他可能会觉得我很无趣。

"嗯？"

我不好意思地笑了。"我在想，我应该会先吃晚饭，然后再看书。"他会提出什么建议吗？天啊，这太尴尬了。

"你知道，我们离铁轨只有一个街区，想继续再走一会儿吗？"

"好的。"

我们开始走路，手杖在我们面前敲打。

卢克又开口了。

"什么？"我走近他。我的手杖和他的撞在了一起，我把手杖挪开，向左边走去。好了，我们之间大约有一点二米的距离。我们应该可以边走边说话，手杖应该不会相撞了。

巨大的噪声又盖住了卢克的声音。出于沮丧，我放弃了正确的手杖使用技巧。我用左手拿着手杖，向卢克走去。这很冒险，却是必要的。我们肩并肩走着，我对他说："对不起，我刚刚没有听到。"

"我问，"卢克提高了声音，"你要上哪所大学？"

"刘易斯与克拉克学院。这是俄勒冈州波特兰市的一所小型人文学院。"

我的手杖只能接触到面前的一小片区域，无法完整地扫出一百八十度。左边，中间，左边，中间。我不想被电线杆绊倒，也不想被卢克的手杖绊倒，或碰到什么不愉快的意外。

卢克回了什么。

"什么？"

左边，中间，左边，中间。

我一边走一边探过身去，竭力想听到。

第十三章 我父母不该读这一章

"我说……"卢克重复一遍,但我又错过了。

我的手杖感应到了障碍物。左边,中间,左边,中间。我向左看,发现一个巨大的东西朝我们的方向过来。

"停!"我伸手去抓卢克的胳膊。

卢克向前走了一步,然后赶紧往后退。"什么?"

火车带来的强风猛烈地吹过我们。就在前面六十厘米的地方。我感到大地战栗不已。它引发了一场地震。我的耳朵被雷鸣般的声音震到发痛。在屹立的巨大机器旁,我感到脆弱。凡人皆有一死。

我抓住卢克的胳膊,向后拉了几步。我的心怦怦跳,看着一节又一节巨大的车厢沿着我们面前的铁轨飞驰而过。

卢克嘴里说着脏话,顿着他的手杖。"我们差点没命了!"

"我知道。"我低声说。我的手指死死抓住手杖,我掰开手指,使劲甩手。

"你救了我一命。"

我的下巴都惊掉了。"我没有!"

"你有!"

"不,我没有。"我觉得自己是个不负责任的孩子,不是什么英雄。

"你也可能注意到火车的声音,或者地面的震动,或者你的手杖可能会碰到铁轨,你也会警觉。"

"那时候就晚了。"

我说不出话来。我觉得我在濒临崩溃的边缘。为了稳定我的神经,我又开始开玩笑。

"好吧,你赢了。我救了你一命。"我会心一笑,"你欠我一个大大的人情。你拿什么来报答我?"

"嗯……我会做很好吃的意大利面。"

我很惊讶我竟然真的笑出来了。"卢克,你是说你的命就值一盘意大利面?"

"还有大蒜面包呢。"

我笑着摇摇头。"你能也给凯莎做一份吗?"

"当然。"

"太好了!"我们将吃到一顿美味的晚餐。公寓里的晚餐。铁轨另一边的公寓……我深吸一口气。铃声没有响。我们的平行车流正在移动。"准备好了吗?"

他举起手杖在身前挥了挥。"好的,嗯,我们走吧。"

我敲着面前的手杖,开始走路。手杖敲击到铁轨的时候,我心跳加速,有种想停下来的冲动,但我强迫自己继续前行。然后我又透过鞋底感受到它们。我继续走。

安全到达了另一边,我转向卢克。"嘿,卢克?"

"嗯?"他停下脚步。

第十三章 我父母不该读这一章

"我们因为分心差点就没命了。"我控制着呼吸,尽力让自己听上去平静,"我们知道火车来了,有那么多迹象——铃声,火车的声音,平行交通停止,地面的震动。失明不是问题,视力正常的人也会分心。很多视力正常的人也会被火车撞死,问题在于我们没有当心,而不是失明。你觉得有道理吗?"

"是的。"

"我希望我这么说没关系。我不想说教。"

"没问题。"

"好吧。谢谢你为我们做晚餐。你这么做真是太好了。"

"烹饪秘诀是我爸爸教我的,真的很棒。"

卢克的晚餐很美味。卢克、凯莎,还有我都玩得很开心。我没提火车,卢克也没有。

然而当我独自一人待在房间里的时候,那恐怖一幕的记忆在我脑海中萦绕。如果我父母听说这件事,他们一定会怪到我的残疾头上。他们也许会禁止我穿越铁轨,或者穿过街道,或者这辈子只有在他们陪同的情况下才能出门。每当我回想起那道铁轨,闪电般炙热的罪恶感都会贯穿我的身体。感觉我一瞬间的分心会让盲人的生活倒退几十年。大部分人会归罪于失明,但了解残疾的人会意识到是粗心大意造成了危险,而不是失明。

第十四章 像没人看一样玩

路易斯安那州,拉斯顿。2006年夏天。

我和三个年长一点的LCB学员一起吃晚餐,希望可以汲取他们的一些智慧。汤姆五十五岁了,在宾夕法尼亚的一家运输公司工作。他做了顿晚餐,邀请了我们几个学生到他的公寓做客。梅森,阿尔巴马人,大约七十岁了。他一直在学习盲人技能,为了有尊严地享受退休生活。我们当中的第四个人叫罗莎,四十岁出头,在亚利桑那州当老师。十七岁的我是饭桌上最年轻的人。

"你,耶兹人!"罗莎对汤姆喊道。

我困惑地皱着眉头。承认我不知道会引起他们注意到我资历尚浅:一个经验最少的,天真的,孩子。我甘愿冒这个风险,于是勇敢发问:"耶兹人?"

"Y-E-A-S-T。酵母。"汤姆做了说明。他声音最响亮,是其他三人当中最容易听到的。梅森最难听到。我想我从来没听到过他说出的哪怕一个字。

"哦,酵母人……"我还是很茫然,"这是什么意思?"

"从烹饪课一开始她就一直这么称呼我。"汤姆说,"罗莎问酵母如何让面包膨胀,我告诉她这是因为酵母人在起作用。"

"汤姆!"我咯咯笑起来。

"所以我叫他酵母人!因为他是酵母人!"罗莎说。汤姆和酵母的尺寸大不相同。他大概有一点八米高,走路时挂着整个LCB最长的手杖。

我靠近罗莎。"酵母人根本是胡编乱造。"

汤姆拍着桌子。"哈本,别这么说!酵母人是真的!"

罗莎把椅子往后推。"你在骗我吗?"

汤姆咕哝了几句作为回答。

"你这个骗子!我要给你点颜色看看。"罗莎站起来,绕过桌子,向汤姆走去。

桌子开始摇晃。一个大个儿钻进了桌子下面。汤姆!

房间里一片歇斯底里。梅森吃力地起身,对着罗莎大声叫喊。我坐在椅子上,笑得肋骨疼。一个盲人竟然钻进桌子底下躲避另一个盲人!

罗莎和梅森进行了激烈的交谈。接着,罗莎喊道:"哈本!"

"什么，罗莎？"

"起来！你得帮我们找酵母人。"

我拍起手来。"好的！"

"酵母人！你在哪儿？"罗莎拿起她的手杖。梅森也拿起他的手杖。"酵母人！你躲不了了！我们来找你了！"罗莎拿着手杖在桌下一通乱扫。汤姆不在。她穿过厨房，继续搜寻。搜寻。

"唔，汤姆到底在哪儿呢？"我沉思道。他是朝客厅方向爬走的。所有学生公寓的基本布局都差不多，客厅旁边有一个开放式厨房，所以我知道那儿有什么。我走进客厅，环顾四周。一张沙发靠墙摆放，汤姆不在这儿。我走向房间中央的一张扶手椅，也不在这儿。我看看扶手椅后面。什么也没有。

"汤姆！我们知道你在这里！"我扫视了一遍房间，发现远处角落里有什么东西。我走过去摸了摸——是个抽屉柜。检查一下后面，也什么都没有。

我看不到客厅还有什么家具了。也许他躲在卧室或者浴室里？我又穿过客厅，走过沙发，我注意到沙发上方有一大幅黑色的画。我好奇地走近——那不是画！那是汤姆缩在客厅角落，站在沙发扶手上！

我捂着嘴冲过去坐到扶手椅里，哈哈大笑。

"你找到他了吗？"罗莎从厨房里喊道。

"是的！"

罗莎和梅森走进客厅。"他在哪？"她问。

"唔……"我的第一个念头是：如果我不告诉她，她会来追我。我的第二个念头是：如果我告诉她，汤姆会来追我。我的第三个念头是：如果我动作够安静，我可以躲在那个抽屉柜上面。

我该怎么办？

罗莎的问题迫使我在这场游戏中必须扮演好自己的角色。我的视力比他们三个好，罗莎知道这一点。睁着眼睛捉迷藏让我占尽优势。告诉罗莎我看到的情况会破坏这个游戏结构，因为她不用到处找就能发现汤姆，也没机会使用非可视搜索技巧了。一句话：这是作弊。

LCB 的指导老师们告诫我们要注意，视力是有等级制度的，在这个制度中，社会赋予拥有更多视力的人某种特权。盲人有时会内化视力等级，完全失明的人服从于有部分视力的人，有部分视力的人服从于有完全视力的人。这种划分使盲人群体产生隔阂，助长了结构性压迫。培训项目一直在教导我们要意识到并抵制这些压迫性制度。

我不想要一个让独眼人顺理成章当上国王的盲人世界。

尽管罗莎请求我的帮助，我还是决定退出游戏。"他在这儿，某个地方。"我脸红了，"检查每一张桌子，每一把椅子，每一个角落！"

罗莎跟梅森说了些什么。他们分散开搜索客厅的不同区域。"酵母人！"罗莎喊道，"你在哪儿，酵母人？"

梅森走近沙发。

我靠在椅子上，屏住呼吸。

他俯下身，摸了摸沙发。他用一只手来摸索，另一只手抓着手杖。他顺着沙发，摸到一个坐垫，走两步，又摸到一个坐垫，然后离开了沙发。

我松了一口气。他没找到汤姆。游戏还在继续！

罗莎轻敲手杖，走向沙发。她放下手杖，双手扫过沙发，发现沙发上没人。

我瞥了一眼站在沙发上的高个子，突然迸发出大笑，笑到全身抽搐。他的藏身之处实在太有创意，太聪明，太天才了！盲人捉迷藏比有视力的人捉迷藏要好玩得多！它更具挑战性，更令人兴奋，更有趣。我们可以给有视力的人戴上眼罩，教他们玩。

汤姆受过良好教育，有责任感，有一份工作，而且仍然很会玩游戏。我希望自己到了五十岁的时候也能像他一样带着乐趣和自信投入到捉迷藏中。

"哈本，过来。"罗莎下达了命令。

第十四章 像没人看一样玩

我走到她和梅森所在的大门口。"这儿。"

"我们要走了。再见,酵母人!"她打开前门,顿了几下手杖,然后停下来,竖起耳朵听。

我咬着嘴唇,决心保持安静。

等了大约三分钟,然后罗莎关上门。"他不在这儿。"她告诉梅森。

"他在这儿!他很狡猾。检查每张椅子,每张桌子,每个角落。"我脸红了,为身不由己感到内疚。

梅森和罗莎又把整间公寓搜索了一遍。我坐回扶手椅上。罗莎地毯式搜过客厅,开始拍打扶手椅。

"是我!是哈本!"

罗莎拍了拍我的膝盖。"对不起,宝贝。"她转身离开扶手椅,走向沙发。"酵母人,哦,酵母人!"她把手放在第一个沙发坐垫上,然后把它拿起来检查垫子下面。她也检查了相应的坐垫,然后移到下一个坐垫,彻底地检查沙发上的每个垫子。

罗莎尖叫起来。

汤姆从沙发上跳下来。罗莎用手杖使劲打他的腿。"酵母人!我找到你了!"她又打了他一下。

"你花了这么长时间才找到我。"汤姆坐下。

罗莎又打了他一下。"你不能站在家具上面!"

梅森走过来坐下，他们三人互相交谈。

"嘿，我听不见你们。"我把椅子拉近。

汤姆提高了嗓门："安静，罗莎！哈本听不见我说话。"

"很好！"罗莎反驳道，"反正你也都在骗人。"

"如我所说，"汤姆清了清嗓子，"最好躲在别人意想不到的地方。人们总是会检查沙发座椅，但从没人检查沙发扶手，你得躲在别人最想不到的地方。"

"你做得太棒了，"我告诉他，"而且太好笑了。但知道这点有什么意义呢？我们又不能用来做什么。"

"我的意思是……如果你明天需要躲避盲人指导老师，你现在知道该怎么做了。"

我倒抽了口气，然后开始笑。

"哈本，不是每件事都要有意义。我们只是在玩。如果你想认真点，我们可以把游戏中的技巧运用在工作上。捉迷藏培养搜索技能、定位技能和倾听技能。罗莎，你可以听得再仔细一点。"

"你太安静了！"罗莎说。

"你练习越多，能听到的声音就越多。就像呼吸。我觉得所有的盲人小孩都应该玩捉迷藏。"汤姆说。

"还有成年人。"我告诉他。

汤姆笑了。"啊，是的！"

几分钟后,我们互道晚安。罗莎、梅森和我回到各自的公寓。

我很高兴我决定退后一步让罗莎自己去找汤姆,她应该自己体验找到那一刻的兴奋。在一个大部分人都能看见的世界里,我作为盲人,在成长的过程中,曾经遇到过许多这样的例子:视力正常的人出于好意,却剥夺了我们这些人体验自我发现的机会。我们都需要更清楚地知道什么时候该帮忙,什么时候该退后,说"检查每个角落"。

第十五章　积极的盲人哲学

路易斯安那州，拉斯顿。2006年夏天。

LCB的负责人帕姆正在主持一场研讨会，旨在考察盲人在社会中的整体状况。主流文化推行健全中心主义，认为残疾人比非残疾人低一等，他们有这样的心理预设——失明是一桩悲剧，盲人无法接受教育，死了也比看不见强。LCB教育学生抵制这些消极假设，在识别和消除这些假设之后，人们就可以开始为一种积极的哲学奠定基础了，这种哲学就是：失明不过是缺乏视力而已。

我们坐在图书馆里，正对着帕姆。她衬衫上夹着一个麦克风，可以通过无线传输连接到我的接收器和耳机，这是我计划在大学使用的听力辅助系统的一部分。

"我现在要读一个故事，"帕姆告诉我们，"这个故事叫作《没有眼睛的人》，作者是麦金莱·坎特。"

说完，帕姆摸索着书上的盲文，开始朗读。故事里，

第十五章　积极的盲人哲学

一个盲乞丐走向一位绅士，把打火机塞进绅士手中，问他讨一个美元。绅士为难地告诉乞丐，他不抽烟。那乞丐巧舌如簧，直到绅士给了他一美元。乞丐盘算着他身上应该有更多钱，所以开始讲述他在一次工厂爆炸中失明的故事，特别对细节夸张渲染，以激起对方的同情。令他意外的是，这位绅士说他当时也在爆炸现场。

"盲人站了很久，嗓音嘶哑。他倒吸一口气。'帕森斯。上帝啊，上帝啊！我以为你——'然后他疯狂地尖叫起来，'是的，也许是吧。也许是吧。但我是盲人！我是盲人，而你却一直站在这里让我对你谄媚，你每分每秒都在嘲笑我！我看不见了。'

"街上的人都转过身来盯着他。

"'你没事，但我却看不见了！你听到了吗？'

"'好吧，'帕森斯先生说，'我们别争了，马克沃德……我也看不见了。'"

房间里鸦雀无声。

"哈本，"帕姆把注意力转向我，"我想让你和我们分享一下你对这个故事的看法。"

"我喜欢这个故事！想象一下，当盲乞丐发现帕森斯也是盲人时，他会有多么震惊。他以为如果一个人有钱，那么他们肯定是看得见的。"

"谢谢，哈本。盲人乞丐的形象在我们的文化中根深蒂固，人们几乎无法想象一个成功的盲人。对吧？这个故事之所以极具冲击力，是因为大多数人都能理解当你发现一个成功人士竟然是盲人时会有多么震惊。希望在将来的某个时候，我们会听到很多关于盲人成功人士的故事，以至于社会不会再为我们的成功而惊讶。我们的文化会改变，社会也会摆脱陈旧假设的桎梏。我们需要你们所有人去不断改变失明的含义。"

在 LCB，我周围的人都明白失明只是视力受到限制。有了正确的工具和训练，盲人也可以和有视力的同龄人公平竞争。像 LCB，就是为了帮助盲人获得成功而提供工具和训练的地方。可悲的是，我们对失明的看法到了墙外就成了少数派。下周我在大学里遇到的很多人都有可能和故事里的盲乞丐有相同观点。我本希望能留在研讨会，但后来我想起了必修的烹饪课。

不知怎么的，我无论如何都想要建立一个社区，让人们相信残疾本身不是障碍；最大的障碍来自社会、身体和数字时代。我希望我能有足够的力量和技能向世界传授 LCB 告诉我的经验。

但首先，我得上大学。

第十六章　我不相信童话故事，除了这一个

俄勒冈州，波特兰市。2006年秋天。

刘易斯与克拉克学院位于俄勒冈州波特兰市郊，有着美丽的校园。残障服务处的负责人戴尔在新生入学的时候带我全部游览了一遍：她带我参观了学生支持服务办公室的书架，那里放着所有的盲文教科书；还有坦普尔顿校园中心的残障人士入口；她领着我走过宿舍楼的玻璃门，沿着收发室旁边长长的楼梯，穿过大草坪旁的模拟法庭，跳过一条小溪，穿过树林。多亏了戴尔，我现在已经能够自如地穿梭校园。

事实上，今天晚上我还会跟另外三个学生去校园外探险。我和其中两个学生站在宿舍楼下。我们都住在阿金楼，它是一栋提倡多元文化的两层小楼。在这栋楼里，我更有可能会遇上非残疾的学生。交朋友得慢慢来，但我和我的室友好像已经成了朋友。嘉丽喜欢跳舞、旅行、吃巧克

力——和我一拍即合！

嘉丽跑过来。"好了，我们走吧。等等，哈本，我能和你说句话吗？"

"当然。"我跟着她走到旁边。

嘉丽在宿舍楼的楼梯前停了下来。"我们要离开校园了。"

"我知道。"

"我们不坐公车，走一条小路。"

"好的。"

"这是一条陡峭的小路。我不希望你受伤。"

我笑起来。"真的，我没事的。我经常徒步，能通过手杖感觉到路面，手杖也会提醒我注意石头什么的。"

"我觉得这不是个好主意，路上可能会有点滑。我真的不希望你受伤，如果你发生任何不测，我会觉得自己有责任。"

我严肃地看了她一眼。"你不用对我负责，如果我出了什么事，那不是你的错。这么说你明白吗？"

"但我还是会觉得有责任，我永远不会原谅我自己。我就是这样的人。拜托，如果你不跟我们一起去，我会感觉好些。"

她的话刺痛了我这个大一新生脆弱的心灵。"好吧。"

我试图打起精神，"我理解。"

"谢谢！我们一会儿见。"说完，她跑回弗雷德和安妮卡身边，他们一起走进了茫茫黑夜。

我的手杖叮叮当当地敲打在阿金楼的金属门廊上。我重重地跺着脚走上台阶，进了大楼。这扇门外就是冰冷、残酷、无情的大学生活。我该怎么和她做室友？整整一年，要和一个以为我一无是处的人住在一起，我该如何在自己的宿舍里抵制健全中心主义？

我坐在床上，被悲伤压得喘不过气来。她的傲慢粉碎了我幻想和大学室友成为最好朋友的美梦。现在，我不知道该怎么填补这个洞。嘉丽的床离我两米远，她的书桌就在我的对面。我们可以假装这是两间房间，中间是一条看不见的分割线。我们会生活在一种持续的紧张状态中，为一件又一件事起争执吗？还是会过着完全不相干的生活，只有当万不得已时才会礼貌而冷漠地互动？这会让人孤独、尴尬、筋疲力尽。它会不断提醒我们，这个世界上永远有人相信我能力不足，或者就是不喜欢我。就是这么回事。

我揉着太阳穴，试图麻痹疼痛。我突然想起了我的朋友伊冯娜曾经给我讲过的一个童话故事。

一个叫索菲亚的女孩扑通一声坐在祖母身边,叹了口气。

"一个混球接着一个混球。我永远也找不到那个完美的男人。"

"我告诉过你的。"祖母从柜子上取下一包茉莉花茶,"如果你想找到完美的对象,那你必须成为完美的自己。"

索菲亚皱起了眉头。

祖母泡上茶,继续说道:"我会安排你和不同的绅士共进晚餐,你要练习倾听,学会示弱,展示你俏皮的智慧。

"我们要对每顿晚餐进行认真的反思,每周重复,直到遇到你的完美伴侣。"

索菲亚伸手擦去脸上的汗珠。

"祖母,我爱你,但是……你不了解我喜欢的类型。"

"我正是这么想的!"祖母沮丧地摆了摆手。

"你不能再对男人们苛刻地品头论足了。"

索菲亚倾身去拿泡好的茶,深吸了一口温暖、清甜的香气。

茶还冒着热气,她嘬上一口,说:"好的……也许吧。"

索菲亚遇到了本国人和外国人。

垃圾工和消防员。

一个人滔滔不绝地谈论适合播种的肥沃土壤,她听得昏昏欲睡。

一个人喋喋不休地谈论瑞典的税收制度,她吞了个哈欠。

经过练习和反思,索菲亚的倾听技巧突飞猛进。

当她与人分享自己的计划和梦想时,她的自信也大有提升。

她跟一位投资者谈起自己对桥梁设计的想法。

她和一个商人谈了同工同酬的重要性。

她讲的故事让晚餐对象和服务员都十分愉快。

有一次,她甚至让一个律师都笑了出来。

在第三十九次晚餐上,索菲亚感到无比兴奋。

她邀约这位先生再次赴约。

两人共同成就了一段美妙的关系,不靠金钱珠宝,只需要满桌的美味,和相处的智慧。

这个故事让我会心一笑。虽然它听上去荒唐,却还有些道理。如果索菲亚的策略适用于浪漫关系,那么也必将适用于友谊。

我拿起手杖，走出房间，关上了门。门上有蓝白相间的条纹，一个黄色的太阳画在一角。这是乌拉圭的国旗。这个宿舍所有房间门上都挂着不同的旗帜。大厅里五颜六色的旗帜散发出一种温暖的感觉。我一边走一边瞥过一面面旗帜，试图辨认出它们。

楼道里另一扇门打开了，一个人走了出来。

"嗨，我叫哈本。"我把拐杖挪到左手边，向那个人伸出右手。这只手很大。"你叫什么名字？"

"埃德。"

"很高兴见到你，埃德。"

"我也很高兴见到你。"

"想一块儿打发时间吗？我们可以玩纸牌游戏。"

"也许过一会儿吧。"

"好的，到时候来找我就行了。我在乌拉圭。"我往身后指了指，"有蓝色条纹和黄色太阳的那扇门，101号房。"

"收到。"埃德转身沿着走廊离开了。

我在宿舍楼里寻找新朋友的行动失败了。不过，我还没有放弃我的乐观主义。还有很多人要认识——至少会有一个人和我产生共鸣吧。

在接下来的两周里，我结识了很多人。我练习倾听，富有同情心，展示我的幽默感。当遇到人们流露出"嗯，我们已经见过面了"的尴尬场面时，我的自嘲能力也越来越得心应手了。

很多学生在食堂碰头。食堂也被称为"好餐厅"，因为它是由"好胃口"公司运营的。"好餐厅"是一个长方形的房间，其中三面墙都是落地窗，可以一览波特兰丰沛的降雨。第四面墙有几个食品站。有视力的学生会浏览一遍菜单，然后走向他们心仪的食品站。我看不懂菜单，因为它不是盲文的。

一号站前排着一长溜学生。我猜这家的菜应该很好吃，于是也跟着排了队。烹饪菜肴的气味充斥着整个房间，混入了一些自助餐厅的气味。一些气味拒绝掺和，在空气中毫不客气地排放它们的分子。煎饼、炸薯条、比萨，它们都在不停地大合唱："来吃我们吧！"

十五分钟后我终于来到了柜台前。"你们这儿有什么？"我问服务员。食堂嘈杂的背景音淹没了回答。"什么？"我凑过去问，"对不起，我还是听不见。"那个人又大声喊了几句听不清的话。我又累又饿，接过了对方递来的盘子。

几百个学生说话的声音在墙壁上反弹，形成一种持续的轰鸣声，越靠近就餐区越响。饥饿的学生围坐在一排排圆桌旁，我一边眯着眼睛找座位，一边挤过人头攒动的过道。终于发现了一把空椅子——我摸了摸椅背，确认它没人坐。

我的座位两边都有人。我微笑着转向左边的人："嗨，我叫哈本。你叫什么名字？"

咕哝。咕哝。咕哝。

"我听不太清楚，尤其是在吵闹的地方。你能再说一遍你的名字吗？"我倾向左边，希望这次能听到。

"帕姆。"

"帕姆？"

这次大声了点："安妮。"

"安妮？你的午餐怎么样？"

她的脸转向了我，表示她已经回答了我的问题。周围的嘈杂声吞没了她的话。噪声在我们之间形成了一堵玻璃墙。我在一边，安妮和其他所有人在另外一边。

我的外祖母把倾听列为要掌握的第一项重要技能。这种环境让倾听变得毫无可能。一切显而易见，我不会在这里交到朋友的。

我拿起叉子，戳了戳盘子里的不同区域，分析食物的质地。叉子戳到了骨头上的肉。我沮丧地垂下肩膀。我想吃素食。右边好像是什么软软的东西，我继续调查，叉起一小块吃了一口。土豆泥。我又吃了一口。绵滑的土豆泥在我口中融化。还不错。

我朝食品站的方向瞥了一眼。另一个站可能有好吃的。芝士菠菜咖喱配茉莉花饭。烤玉米饼配烟熏高达奶酪。充满灵魂的食物和友谊，就在那边，在玻璃柜的那一边。

"很高兴见到你。"我起身时咕哝着对安妮说。

和食堂不同的是，残障办公室提供无障碍信息。我第一次见到戴尔和她的同事丽贝卡、芭芭拉是在四月。我是他们的第一个盲文读者，但他们却丝毫没乱阵脚。他们买了盲文压印机、盲文翻译软件，然后花了整个夏天学习如何打出盲文。他们不怕未知事物，他们为了学生和自己的进步而学习、探索和发现。他们代表了刘易斯和克拉克学院引以为傲的开拓精神。

丽贝卡是阅读专家，所以她又发展了盲文这一项技能。从我的所有教授那里拿到教学大纲之后，她开始从国家盲文和有声读物图书馆及图书共享平台订阅盲文书籍。如果一本盲文书借不到，她就会向图书出版商索要该书的数字副本，然后自己用盲文压印出来。盲文翻译软件将文本扫描转换成盲文，丽贝卡进行校对，然后用盲文轧花机打印出来。盲文轧花机是一种大型打印机，可以在厚厚的盲文纸上打孔。打孔的声音很大，就像电钻一样，所以丽贝卡把它放在一个大壁橱里。

"你来得正是时候!"丽贝卡递给我一本盲文书,"我刚打印出这本书。托马斯今天早上大发脾气,我必须得赶紧让它收工。"

我困惑地看了她一眼。"托马斯是谁?"

"盲文轧花机。我在它身上花了太多时间,都开始叫它托马斯了。"

我笑起来。"我喜欢这个名字。希望托马斯表现好一点。"

"它现在好一些。否则我要找它的制造商谈话了。"

丽贝卡、芭芭拉和戴尔为我扫清了课堂中的所有障碍,让我能专注于学业。在其他的大学,盲人学生可能要被迫牺牲宝贵的学习时间自己把学习材料转成盲文。又要学习知识,又要忙着转译学习材料,许多盲人学生因此落后。当我泡在图书馆时,这支残障支持队伍在为我的成功做出贡献。

同一天晚上,我发现"好餐厅"里有一张空桌子。它在召唤我。坐这儿!坐这儿!你不必为了徒劳的沟通而消耗自己。想想你可怜的耳朵。想想坐在这儿能享受的安宁!

这个位置提供了静谧的避风港。我后面和右边的墙壁吸收了背景噪声,连食物都变得好吃起来。我全身心投入在这块美味的比萨上，因为不必竭尽全力去听别人谈话。

有人在我的桌边停下来。我继续吃。那人依然站在那儿，好像在等着什么。"你说什么了吗？"

"我能坐在这儿吗？"

"当然。"我咬了一口比萨。

他把托盘放在桌子上，坐在我对面。咕哝，咕哝，咕哝。

"我很聋。如果你说话声音大一点，尽量说得慢一点，清楚一点，会好很多。"

"这样行吗？"

"嗯。我还是会时不时听漏几个词。你刚才说什么？"

"我在问你的名字。"

"哦！"我笑起来，"我叫哈本，你叫什么名字？"

"贾斯汀。我今年大四，学历史。"

"我是一年级新生，还不知道会主修什么专业。也许计算机，也许国际关系……我会选几门不同的课，来搞清楚我到底喜欢什么。"

"真聪明！探索不同的学科，直到你找到特别喜欢的题目，恨不得把自己锁在图书馆里研究它。顺便问一句，比萨味道如何？"

"事实上，很不错。"

"嗯，看起来确实很赞，我也去拿几片。"他向食品站走去。几分钟后，他端着两个盘子回来了。

"你拿了什么？"

"几片比萨。我还拿了一块布朗尼蛋糕。我路过它的时候它一直在叫我，我不得不回去拿它。"

我倒吸一口气。"我都不知道还有布朗尼！"我伸手到桌子下面拿起手杖。"我去去就回。"

我大步流星走向甜品站，拿起一个盘子，夹了一块布朗尼。我的手杖指引我端着盘子走回去。

"哇哦，我都不知道你看不见，"我坐下时，贾斯汀说道，"不是说这有什么大不了的——只是在你拿起手杖前我完全没发现。"

"有意思，这儿大部分人都知道。"我猜想他的脑海里飞驰过对盲人的种种想象，有些低落。我已经准备好为自己辩护了："失明只是缺乏视力。只要有正确的工具和训练，盲人可以做任何事。比如旅行、攀岩、做社区服务。只是我做事的方法不同。"

"我也是这么想的。我妈妈就是一位特殊教育老师。"

我惊讶地睁大了眼睛。结交新朋友的时候不免要因为健全中心主义屡屡碰壁。遇到一个跟残疾扯得上边的人简直就是奇迹。"那太好了！你妈妈的学生都有哪方面的障碍？"

"主要是学习方面的。嘿！你好吗？"

我困惑地盯着贾斯汀。过了一会儿，另一个人加入了我们的桌子。咕哝，咕哝，咕哝，这两个人在喋喋不休。我开始吃我的布朗尼。

"哈本，这是戈登。戈登，这是哈本。"

"嗨。"我和他握了握手。

"你能再说一遍你的名字吗？"

"哈——本。"

咕哝，咕哝。

"我有点聋。如果你说话声音大一点，说得慢一点，清楚一点，会对我们的谈话有帮助。"

戈登提高了音量："我以前还没见过这样的名字。你来自哪里？"

"我家人来自非洲东北部的厄立特里亚。哈本是厄立特里亚母语提格里尼亚语里的名字。"

"那么，哈本在提格里尼亚语里是什么意思呢？"

我太激动了！哇哦，戈登真的在听我说话。在听到像提格里尼亚和厄立特里亚这样的陌生名词后，大多数人都会感到不知所措，于是转开话题。戈登却没有回避不知道的事情。"厄立特里亚为脱离埃塞俄比亚而战斗了三十年，在1993年成为独立国家。和厄立特里亚相比，埃塞俄比亚大得多，所以厄立特里亚赢得了三十年战争的胜利，是一件了不起的事情。厄立特里亚人对自己的文化和身份感到自豪。我父母以这种民族自豪感为我命名，哈本在提格里尼亚语里就是骄傲的意思。"

"这可真有意思。我要好好读一些关于厄立特里亚的东西。"

咕哝，咕哝。贾斯汀和戈登聊了起来。我们之间又隔着熟悉的玻璃墙。

我吃完了布朗尼。"你们俩在说什么？"

"戈登打算主修历史，所以他在问我关于教授的事情。"贾斯汀说。

"我在跟贾斯汀打听希利尔教授的教学风格。"

"希利尔先生教什么？"

"希利尔教授是女性。"戈登说道。

我尴尬地脸红了。但我很高兴他纠正了我。很多人认为残疾人过于脆弱，而对他们犯的错视而不见。"希利尔女士教什么？"

"她教一门内战历史课，我在考虑要不要上。"戈登和贾斯汀又说了些话，被背景噪声里轰鸣一样的嗡嗡声淹没。玻璃墙又升上去了。

我站起来。"这儿对我来说太吵了。我现在得出去了。"

第十六章 我不相信童话故事,除了这一个

"其实我也吃完了。"贾斯汀站起来,戈登跟在后面。

我们把托盘放进自助餐厅角落里的移动碗架。离开时,我瞥了一眼他们模糊的身影。我们三个在朝同一个方向走,可能只是巧合。跟嘉丽之间发生过那样的事之后,我对建立友谊已经不抱什么期待了。

当我们走上人行道时,一种舒缓的宁静气氛笼罩着我们。我呼吸着秋天凉爽的空气。有烟味,我皱起了鼻子。

气氛逐渐尴尬起来。我看看贾斯汀和戈登,不知道是不是该向他们道别。然后我想起了索菲亚和她的祖母。食堂里的环境限制了我去倾听别人,但在这里……

"我住在阿金楼。"我指了指我们前面的那座矮楼。

"那不是国际宿舍吗?"戈登问。

"多元文化宿舍。如果你们有兴趣,我可以带你们参观一下。"

"好啊,贾斯汀?"

"当然。"他把什么东西扔在地上,然后用鞋子碾了一下。

我的手杖轻触地面。"好了,跟我来吧。"

我带他们参观了巨大的起居室,里面有舒适的沙发、全景落地窗和一架钢琴。与起居室相邻的是一个小厨房,每周都会有人在里面烧焦了什么,从而触发火警铃。我带

他们看了挂满世界国旗的走廊。"现在我们去地下室吧！"我带着他们走下楼梯，穿过黑暗的长廊，走进一间黑暗的房间。我的手摸索到电灯开关，打开了灯。

"酷！"贾斯汀走进游戏室，"我们来打台球吧。我不是很擅长，但很好玩。"他在台球桌边蹦了几步，拿起球杆，从球袋里取出球。

"这游戏到底是怎么玩的？"我和妹妹打球的模糊记忆浮出水面。

戈登走向桌子。"我想，应该是你试着打这个白球，用它去撞其他的球，把它们撞进球袋里。"

贾斯汀举起一根球杆。"嗯，差不多是这样。谁打进的球最多，谁就赢了。我先来。"他调整了瞄准，然后果断出击。

砰！球撞到球桌边框，叮当乱响。

我走近球桌。"打进了吗？"

"两个。给，"贾斯汀递给我一根球杆，"下一个，来吗？"

经历了过去几周被排斥的日子，我沉醉于当下的归属感。"当然……白球在哪里？"

他指着球桌左边。我走过去，向下睨视。三颗球在我的视野范围内闪闪发光。我的眼睛没法确定它们的具体位

第十六章 我不相信童话故事，除了这一个

置，只知道它们在桌子上的大概位置。我伸出手来，想确定它们到底在哪。

"哈本在作弊！"戈登出现在我右边。

"我没有动它们，只是感觉它们的位置而已。"我继续摸球。

"我知道，只是闹你一下啦。"

我挺直了身体，面向他，用球杆拍了拍手掌。"这可不是什么明智的举动哦，跟手里拿棍子的人捣乱。"

"小心点，戈登！"贾斯汀咯咯笑出来。

"我会盯着你的。"戈登退后了。

我的手最后一次确认了球的位置，然后击出了白球。砰！球在桌上滚来滚去。我开始检查球袋。"有进球吗？"

"你进了一个。"贾斯汀说。

"哇哦。"小小的胜利激起了我的求胜心。我重复技巧，打完了整场比赛。比赛结束了。我第一名，然后是贾斯汀，最后是戈登。

我举起手杖。"盲女孩赢了！"

贾斯汀转向我。"你说'黑女孩赢了'？"

"这也说得通！"我哈哈大笑，"不过我说的是'盲女孩赢了'。贾斯汀，你会怎么介绍自己？"

"有视力，虽然我戴眼镜。"

我做了个鬼脸。"实际上——"

"我懂你的意思啦。我是白人,我妈妈来自康涅狄格州,我爸爸来自佐治亚州。"

"所以你一半是南方人,一半是北方人。"

贾斯汀笑了。"一点没错,不过我算大半个北方人,我是在康涅狄格州长大的。"

"你呢,戈登?"

"白人。我在阿拉斯加东南部长大。"

"真的吗?"我用调侃的语气说道,"你是住在冰屋里吗?"

"不是!我父母有一栋房子,现代化的房子。没有人住在冰屋里。"

我咬着嘴唇忍住笑。"好吧,不是冰屋。那你会坐在哈士奇狗拉的雪橇上到处跑吗?"

"老天爷啊,不!我们不坐狗拉的雪橇。我父母有一只萨摩耶犬,毛茸茸的大狗,有尖尖的耳朵,看着有点像哈士奇。为什么这么问?你这是在干吗?"

我咧嘴笑了。"这是报复你每次在我碰到球的时候大惊小怪。"

"好吧,我假装不知道你在作弊好了。"

"那不是作弊!"我叹了口气,"你知道,我也可以

第十六章 我不相信童话故事，除了这一个 165

继续开阿拉斯加玩笑。"

"我得去写点作业了，"贾斯汀把球杆放在桌子上，"不过我也会琢磨些阿拉斯加笑话的。"

"嘿！我以为你是站在我这边的。"戈登拿起他的背包。

"你最棒了，贾斯汀！"我带他们走上楼梯，"嘿，戈登，阿拉斯加人读什么书？"

贾斯汀问道："他们能阅读？"

"是啊，他们读盲——文！"

戈登戏剧性地叹了口气。

如果贾斯汀和戈登在"好餐厅"里看到了我，他们会径直走向我，告诉我他们坐在餐厅里的什么位置。我的中小学同学从来没有邀请我去他们的桌子一起吃过饭。被邀请的感觉既奇怪又奇妙，对我来说就像是在沙漠中发现了绿洲一般。

我们三个人总会早早到餐厅吃饭，这个时候的噪声是最小的。靠墙的餐桌最安静。只要能占到任意一张，尤其是墙角的桌子，就算是胜利。

"好餐厅"不提供厄立特里亚或埃塞俄比亚的食物。贾斯汀和戈登以前从未吃过厄立特里亚菜。我和戈登在学校的机房研究了一番波特兰的餐馆，"青尼罗河"脱颖而出。

戈登直直地盯着显示器,查找从校园到"青尼罗河"的路线。

戈登消失在虚拟世界里。我坐在他旁边,等待像是永无尽头的什么东西。时间在爬行,电脑的屏幕建造起另一堵玻璃墙,让我无法触及。我想回自己的房间用盲人电脑自己查路线。

我用手指敲着桌子。"你在查怎么去墨西哥吗?"

他目不转睛地盯着电脑屏幕。"这张地图只显示北美地区。"

"墨西哥在北美。"

"不,它是南美洲的一部分。"

我放声大笑。"墨西哥在北美。你去查查!"

"什么?"他开始疯狂敲击键盘。

我笑得趴在桌子上。"你在哪儿上的学,阿拉斯加人?"

"好吧,你说得对。是北美。"

"我告诉过你!"我又开始大笑。

"哦,别笑了!至少我没傻到以为教授就得是个男人什么的。"

我脸红了,为我的性别偏见言论感到羞耻。

一个女人开始在我们身后大喊:"别这么说她!哈本不傻!她很聪明,你要对她友好一点!"

我全身都僵了,脉搏加快,我的脑子在试图分辨流过血管的情绪。害怕？愤怒？绝望？

很长时间以来，残障人士逐渐学会了发觉健全中心主义这回事。健全中心主义是如此根深蒂固，以至于大部分健全中心主义者都不知道他们自己在实践健全中心主义。健全中心主义者用善意来掩饰他们的怜悯，而试图向他们解释这一点则通常被视作过分敏感、愤怒或忘恩负义。

我清了清嗓子。"我们只是在开玩笑，你不需要帮我说话。"

那女人迈着重重的脚步走出房间。

"那是谁？"我低声问。

"那个和嘉丽一块儿玩的女孩。"

"安妮卡。"

"嗯。我不喜欢她和嘉丽，她们超级有优越感。"

"你注意到了！"我感觉暖风拂面，就像坐在了秋千上，"我以为没人注意到。我总觉得她们在用高人一等的语气和我说话，但别人却说这是'友好'。"

惊喜，宽慰。戈登理解我。真切地理解我。我不再需要独自面对健全中心主义。

第十七章　盲人果酱三明治

加州，奥克兰。2006年秋天。

刘易斯和克拉克学院感恩节停课，于是我飞回奥克兰和家人一起庆祝节日。对我的家人来说，感恩节是一顿饕餮盛宴：辛辣的炒菠菜，辛辣的鹰嘴豆咖喱，辛辣的土豆和胡萝卜。所有的食物搭配传统的扁平面包英吉拉，都是美味佳肴。我们在感恩节和黑色星期五都吃了厄立特里亚菜，星期六我们又在我父母家举行一个派对，吃了更多厄立特里亚菜。

尽管不想，我还是要开始为回波特兰的旅途做准备。"我得为明天的航班打包一个三明治。"我告诉萨巴。

"好的，别让亚菲特看到你就行。"她提醒我。

我的小表弟亚菲特表达爱的方式就是我和我妹妹TT有什么，他就要什么。如果他看到TT在吃蛋糕，他就一定要吃更多蛋糕，不顾他已经吃了四片；如果他看到我在吃一根香蕉，他就会命令我再给他拿一根香蕉，即使他已经撑到不行。他为了得到和我们一样的东西甚至不惜让自己吃到呕吐。如果我告诉他够了，他就会大发脾气，我们的父母就不得不恳求我们满足他的要求。这个机灵鬼总是能得逞。

我溜进厨房。谢天谢地，这儿没人。我从橱柜里拿出一罐花生酱，从冰箱里拿出草莓酱。接下来，我拿出一个盘子和一把餐刀放在台面上，把两片面包放在盘子里，然后打开花生酱的罐子。

亚菲特突然冒出来。我的心脏怦怦直跳。他还没有厨房台面高，但他的声音却响彻整个厨房："你在干什么？"

"我在做一个花生酱果酱三明治，"我低声说，"这是我明天的午餐。"

"哦。"他站在那儿看着。"给我也做一个。"他命令道，停顿了一下，然后接着说，"你知道，如果你不给我做，我就跟萨巴姨妈告状，她会让你给我做。所以你最好给我做一个。"

他说得没错。大人们总是站在他这一边。如果我不想被我的小表弟敲诈勒索，我必须得有点创意，而且现在就得有。

我板着脸。"盲人能做花生酱果酱三明治吗？"

他想了一会儿。"不能。"

我尽量保持不带感情色彩的声音："我是不是盲人？"

"是的。"

"那么，如果一个盲人不能做花生酱果酱三明治，那么我就不能给你做花生酱果酱三明治。对吗？"

亚菲特愣在原地。他眼睁睁看我做完了三明治，直到我旋紧了罐子的瓶盖。

"啊！"他尖叫着跑出厨房，"萨巴姨妈！哈本说……哈本不肯……"一分钟后他又冲了回来。"哈本，"他下达了命令，"萨巴姨妈说你必须得给我做一个花生酱果酱三明治。"

我扬起一边眉毛。"你自己说盲人是不能做花生酱果酱三明治的。那我怎么给你做？"

"可我看到你做了！"亚菲特哭丧着脸。

一方面，他认为我可以做一个花生酱果酱三明治，因为他看到我做了；另一方面，他认为我没法做一个花生酱果酱三明治，因为社会让他相信盲人是没有能力的。矛盾的信念会产生压力，所以人们放弃其中一个信念来创造和谐，这叫作认知失调理论。大多数人选择接受社会的信念，那就是健全中心主义，因为拒绝它，即违背主流叙事——需要更多有意识的努力。我希望亚菲特能摒弃社会的成见。

如果他说盲人可以做一个花生酱果酱三明治,我就会给他做一个。

"所以你看到我做花生酱果酱三明治了?有意思。现在让我们想一想——这是不是说明盲人也可以做一个花生酱果酱三明治?"

他想了一会儿。"不。"

"那我就不能给你做三明治了。对不起。"

亚菲特跺着脚跑出厨房。

亚菲特差那么一点点就接受盲人事实上可以做花生酱果酱三明治这件事了。我相信他总有一天会有勇气拒绝社会所灌输的事情,转而支持他亲眼看见的。

是的,我可以做一个花生酱果酱三明治,但是,拜托——你至少说声"请"吧。

第十八章　永远不要从熊眼前跑开

俄勒冈州，波特兰。2006年秋天。

我拿出一个特百惠饭盒递给贾斯汀和戈登。"这是我妈妈感恩节做的菜。这个叫 kitcha fitfit，是一种油炸面包，外面裹了黄油和辣椒粉。"

他们伸手拿了一块。阿金楼的小书房里充盈着厄立特里亚辣黄油的香味。这里有一张蓝色沙发，两把蓝色扶手椅，还有一个高高的书架，摆满了书和游戏盘。在这里，我们可以不受干扰地聊天。

"好辣，"贾斯汀一边说一边咳嗽，"我已经比大多数人都能吃辣了，但这真的很辣。"

我扬起眉毛。"大多数人？你说大多数美国人吧。对厄立特里亚人来说，这一点也不算辣。"

"这倒是真的。"贾斯汀又伸手拿了一块，"某种程度上，这有点像今天'好餐厅'的油炸面包，除了辣椒粉。"

我的胃沉了下来。"他们今天有油炸面包？"

"午餐时有。你没办法看到菜单吗？"他问。

"菜单又不是盲文的，所以我一直在根据排队长短来猜测哪里有好吃的东西。"

贾斯汀又咬了一口 kitcha。"你为什么不每个站都拿一盘，每个盘子都尝一点，然后吃你最喜欢的东西呢？"

我皱起眉头。"那样会很浪费食物，再加上这意味着我整个午餐时间都要用来又累又饿又无聊地排队。"

戈登说："下面你就要问她能不能去每个食品窗口嗅一嗅了。"

我把饭盒从他们面前拿走了。"你是要问我这个吗，贾斯汀？还是你？"我警告地瞪了戈登一眼。

"其实你的嗅觉比我好，"贾斯汀说，"不是因为你是盲人，而是因为我像个烟囱一样不停抽烟。"

"哼。"我直截了当地盯着戈登。

"我能再吃一点 kitcha fitfit 吗？"他问。

"没门儿。"

"我开玩笑的，我不认为失明就会自动赋予人超凡的嗅觉。"戈登说，"再说，食堂经常同时烹饪很多食物，而且所有的食品窗口都紧挨着，味道都混在一起了。"

我把饭盒推回他们面前。"回答得不错。我还担心你分不清人类和哈士奇的区别。"

贾斯汀靠过来。"前两天他追着我跑,我不得不跟他解释我不是麋鹿。"

我跟贾斯汀击了个掌。

戈登双臂交叉。"下面四十八个州的人都差不多,以为阿拉斯加只有麋鹿和冰屋。你们大概以为麋鹿也住在冰屋里吧。"

我笑出声来。"是四十九!你漏算了夏威夷。"

"她说得没错,"贾斯汀说,"夏威夷的地理位置也低于阿拉斯加。为什么阿拉斯加人提到我们的时候不说下四十九呢?"

"我也不确定……"戈登嚼着 kitcha,"我想它仅指美国大陆吧。我祖母实际上有一面国旗,上面只有四十八颗星。它是在阿拉斯加成为一个州之后,夏威夷成为一个州之前制造的,这批国旗为数可不多。"

"酷!"贾斯汀说道,"我想看看那面旗子。"

我把手伸进饭盒里,吃了一些 kitcha。"我想我会和食堂谈谈菜单的事情。"

第二天,戈登和我向邓普顿校园中心的"好胃口"办公室走去。

我看见有人站在门口。"嗨,"我跟他们说,"我想找克劳德。"克劳德是餐厅经理，戴尔在迎新时向他介绍过我。

"他在办公桌那儿。"那人说道。我跟着他走过去。办公桌在一个小房间的昏暗角落里。

"我能帮到你什么吗？"桌子后面的人问道。

"你是克劳德吗？"

"是的。"

"我叫哈本，不久前戴尔带我参观校园时我们见过。我知道食堂的墙上贴了打印的菜单，但我看不见，因为我是盲人。你能把菜单用盲文写出来吗？这样盲人也可以看。"

"我很乐意把菜单读给你听，我的同事也可以读。"

"可我听不见。大多数时候我听不到人们在食堂里说什么，因为太吵了。如果我有一份盲文菜单的话，噪声也就无关紧要了。学生支持服务处有盲文轧花机，如果你提前送去菜单，他们就可以帮我转成盲文。"

"嗯，我不知道这样行不行。有时候我们会在最后一刻更改菜单。"

"哦。"我在考虑其他选项，"你能把菜单打印出来的话，那你的电脑里一定有电子文档，对吧？你可以把菜单复制粘贴然后用电子邮件发给我。我的电脑有一个屏幕阅读器,我可以看邮件,然后把文本转换成数字盲文。"

"所以发电子邮件就行了?不需要走什么特殊流程?"

"没错,只要把文字复制粘贴到邮件里,我就可以阅读了。"

"听起来似乎很简单。"

"非常简单。我把邮箱写给你。你有笔吗?"

接下来的几个月里,"好餐厅"偶尔会如上所述发菜单到我的邮箱。当收到邮件时,我的生活就会发生翻天覆地的改变:我可以直接走去提供素食的窗口了,省时省力。不过更多时候,邮件没有如期而至。在那些日子里,我陷入了随机选择食品窗口的困境。不知道盘子里会有什么给我带来了巨大压力。

戈登再一次提出陪我去"好胃口"办公室,我再一次向克劳德解释情况。

"我没法读菜单,"我告诉克劳德,"不知道食品窗口提供什么食物,我感到很沮丧,压力很大。"

"我可以找个人把菜单读给你听。"他提出。

"食堂太吵了,我听不见。你把菜单发给我的话,我可以在电脑上看,这样我就知道每个食品站有哪些食物了。"

"我们这里真的很忙。我们要服务几百个学生。你可以让我们员工当中的任何一个人把菜单读给你听,我们都会很乐意的。"

我的挫败感越来越重,似乎把肺里的空气都挤出去了。"问题就在这里——我听不到别人读菜单。我是聋人。这就是为什么我请你发邮件给我。"

"我会跟他们打招呼的。"克劳德向门外走去,"我得回去工作了。"说完,他扬长而去。

我们一走到外面,倾盆大雨就劈头盖脸地浇下来。

我把手伸进背包,拿出一把伞,打开伞递给戈登。"你来撑伞吧,你比较高。"他把伞举过我们两人的头顶。我们走路的时候我抓着他的胳膊,这样雨就不会打在我的身上了。"你怎么想?"我问。

"他真是个十足的混蛋。"

风雨从一侧打过来,我们的伞几乎没了用处。我裹紧外套,说:"我第一次和他说话的时候他态度很好,但现在……"

"我讨厌'好餐厅'。如果你住在学校宿舍,就会被强制交伙食费,所以即使你不在食堂吃饭,还是一样要交钱。但如果在那儿吃,人又多,食物又常常售罄。整个管理都很糟糕。"

"我不喜欢做饭,但我宁愿做饭都不愿意在'好餐厅'

吃。只要学校允许,我立马就搬到校外去住。好像有规定说学生必须有两年住在学校里。"

"我也宁愿住在校外。"

我们开始走下坡时,我用手杖轻敲台阶。"还记得那次我让你和贾斯汀闭上眼睛用手杖下楼梯吗?"

"贾斯汀竟然很擅长。你可以通过感觉震动的不同音调来感知周围的一切。"

"嗯,那很有趣。"

戈登在图书馆前停下来脚步。"你打算怎么办?"

我深深叹了口气,身心疲惫。"我也不知道,"我告诉他,"我还有两篇论文要写,还有一场考试要准备。我不应该为下一顿饭而发愁。"我接过了伞,"我得去上课了。谢谢你陪我去找克劳德。"

"我当然要陪你去,不能让你独自面对这样的事情。"他把伞递给我。比起这把伞,是他这句暖心的话让我度过了最难熬的日子。戈登走进图书馆,我在路上艰难跋涉,鞋子淋得湿透了。

也许我应该接受食堂差劲的服务。全世界每天都有数百万人挣扎在温饱线上。我妈妈在我这个年纪,还是生活在苏丹的难民。而此刻的我生活在美国,就读于一所私立人文学院,拿着全额奖学金。我凭什么抱怨?其他大学的盲人学生还在为获取课程资料而挣扎。刘易斯和克拉克学院已经为我提供了所有盲文资料。克劳德对我的不屑一顾似乎是在说："走开，别再抱怨了，应该更加珍惜你拥有的东西才是。"也许他是对的——我应该消停，应该感恩。

那天晚上，食堂也没有把晚餐菜单发到我的邮箱。第二天早上，他们也没有发早餐菜单。

"他们给你发午餐菜单了吗？"戈登问。我们正坐在阿金楼的小书房里，埋头做作业。

"是的，他们发了午餐菜单。"我扬起眉毛，"在午餐后。"

"等等，什么？午餐结束后他们才给你发了午餐菜单？"

我点点头。

"上帝啊！现在可是 2007 年，发送电子邮件是世界上最简单的事情。他们就是在偷懒。"

"我在资源匮乏的村庄待过，如果真的不得不生活在食物短缺的环境中，我是可以的。但'好餐厅'的食物很充足。"

"不能再这样下去了。告诉我我能做什么。"

我耸耸肩。"我也不知道。我想我会给克劳德发邮件，问他为什么断断续续给我发菜单。"

"好的。看他怎么说。"

菜单的状况持续了整个周末。到了周一,克劳德终于回复了我的邮件。那天下午,戈登和我在图书馆的辅助技术室碰头,我给他看了邮件:

嗨哈本,

午饭前我不在办公室,不过三点之后我就回来查看了电子邮件。这一次(也许还有之前)的情况可能是,尽管我们的主管花时间写了邮件,但他们没有及时点击"发送"按钮,所以邮件就一直保存在发件箱里,直到我回来查看新邮件的时候才发现。对此给你造成的不便我深表歉意,花了时间把菜单内容写在邮件里,却没有发送,我认为这完全解释不通,所以一定是哪里出了问题。

我们希望你明白我们是试图帮助你的,但是你也需要理解,这不是我们和学校签订的合同上要求提供的服务,我们和校方不同,没有工作人员来帮助有特殊需求的学生。我们将继续尽最大努力来帮助你,但期望我们做到合同上没有要求的事情是不合理的(我们从未表示我们可以,或愿意做出这样的承诺),期望我们提供完美的帮助也是不合理的。会有漏发或迟发菜单的状况发生。我们无法配备支持人员在这件事情上亲自协助你——我们努力满足超过1000名学生一日三餐的需求，所以我们希望你能理解，每一项服务都有各种各样的问题要关注并解决，我们会在任何可能的情况下尽全力为你提供帮助。

在与几名校方工作人员交谈之后，我们理解这件事让你感到沮丧，但我们继续建议你在学校找到一位能固定为你永久提供解决方案的人。

最好的，
克劳德

"我受不了这家伙了！"戈登又看了一眼电脑屏幕，"他觉得学校有什么奇迹残障解决方案，这样他就不必操心别人的残障问题了。是他制定并下发了菜单，又不是学生支持服务处！"

"学生支持服务处也让他把菜单发给我。戴尔甚至提出他可以帮忙转换成盲文，但要做到这一点，也需要食堂把菜单发给她才行。我在想……"我停下来整理了一下思绪，"邮件第一段他提到了打字。菜单是打印出来贴在食堂门口的，对吗？"

"是的。看起来他们就是用微软文档键入菜单，打印然后贴在墙上。他们应该没有理由再次输入菜单，要做的不过就是从文档里复制文本然后粘贴到电子邮件里——只要点击发送就行了。"

"没错。"我对此似笑非笑，"真是古怪又好笑：这家伙给我发了一封电子邮件，说他不具备发送电子邮件的条件！"我摇摇头，"很多地方都是这样，他们拒绝接纳残障人士，因为他们不想考虑残障问题。他们认为为残障人士提供服务是一种屈尊的'特殊服务'。吃饭是所有人的基本需求，不是什么'特殊'需求。"

"法律不是要求他们为残疾学生服务吗？"

"我需要仔细读一下《美国残疾人法案》（ADA），我能用一下电脑吗？"戈登把椅子推回他的笔记本电脑前，我把椅子挪到我的电脑前。在接下来的一小时里，我沉浸在ADA的法律条文中，这里面有让人放心的部分，也有让人困惑的部分。我开始起草回复克劳德的邮件：

嗨克劳德，

根据《美国残疾人法案》（ADA）规定，"好胃口"公司有法律义务向残疾人提供服务。

我一直要求"好胃口"公司向我提供菜单，因为

第十八章 永远不要从熊眼前跑开

我是聋盲人士,无法阅读打印菜单,在嘈杂的食堂里也听不到人朗读菜单。我的电脑上有一个软件,可以把屏幕上的文字转换成数字盲文,所以如果"好胃口"公司通过电子邮件将菜单发送给我,我就可以阅读菜单了。

请您理解,我不是要您帮忙,而是要您遵守法律。根据 ADA 第三章,在像"好胃口"这样的公共场所是禁止歧视残疾人的。如果"好胃口"继续拒绝我的请求,我将采取法律措施。

"好胃口"是否承诺将持续、专业地提供菜单?

真诚的,

哈本

检查完一遍邮件之后,我又查到了"好胃口"公司高级管理层的邮件地址,将这些地址一个个输入抄送行。我还加上了学生生活部主管和学生支持服务处的戴尔。我又看了一遍邮件,然后满意地点击了"发送"。

等等,我怎么提起诉讼?我不认识任何残疾人权利律师。我甚至请不起律师。新问题开始引发疑虑。我要等他回复等多久?如果他同意,我怎么知道他会说到做到?

但这里是我独自出击的完美场所。刘易斯和克拉克学院赞颂美国历史上的先锋——校园里有一座萨卡加维亚的雕像,这位美国土著女性曾为探险家梅利威瑟·刘易斯和威廉·克拉克担任翻译。学院橄榄球队的队名就叫作"先锋报"。校园报纸叫《先锋日志》。学校班车的目的地是哪里呢?先锋广场。

学院对先锋者的自豪感坚定了我要更加努力的决心。每个和我交流过的校方工作人员,从学生支持服务处到学生生活部副主任,都要求"好胃口"为我提供菜单。我不知道怎样才能说服"好胃口"配合,但我决心放手一试。发那封邮件感觉像一个不错的开始。从长远来看,学习ADA只会对我有益处。下一次再遇到不愿意为我扫除阅读障碍的人——一定还会遇到——我就知道该怎么做了。

第二天吃午饭时,戈登和我坐在食堂角落的一张桌子旁。我们后面有两堵墙来隔绝背景噪声。

"克劳德给你回信了吗?"戈登问。

"没有,一个字都没有。"我咬了一口奶酪蘑菇烤玉米饼。

"我一点也不意外。"他咬了一口自己的烤玉米饼,"我妈妈今早打电话来了,他们在车库里发现了一头熊。"

"什么?"我倒吸一口气,"你是说你妈妈在车库里

第十八章 永远不要从熊眼前跑开

发现了一头熊？"

"是啊，它不知道怎么就打开车库门走进来了。"

我惊恐地看着他。"你家人还好吗？"

"嗯，都还好。熊没进到房子的主要部分。"

"谢天谢地！哇哦，我这辈子都不可能住在阿拉斯加。告诉我，遇到熊的时候该怎么做？"

"最主要的是：不要跑。永远，永远不要从熊眼前跑开。哦，克劳德来了。"

一个高个子男人在我旁边坐下来。"你们好吗？"

我紧绷起来。"还好，你呢？"

"很好。听着，对于菜单的事情我真的很抱歉，这是我的错。我已经和每个工作人员都谈过了，我们会做得更好。我个人保证菜单会如期发送给你。今后我们会做得更好。我可以向你保证。"

我想起了以往发生过的对话，对他所说的表示怀疑。"会持续发送吗？"

"是的，办公室里的每个人都明白这一点很重要。"

我深吸一口气。"谢谢——我很感激。"时间会证明他是否信守承诺。

"太好了。"他站起来，把什么东西放在桌上，"我给你们带了巧克力饼干。"

我的手放在大腿上，向他点头致意。

"如果你还需要什么，就告诉我。"他走开了。

戈登向我侧过来。"一定有人狠狠给他上了一课。"

"也许吧，但我们怎么知道他是不是真心的？"我拿起一块饼干，"你觉得这会是橄榄枝，还是毒药？"

"哈本！"

我笑了。"我只是在想是否应该吃掉它。"饼干很大，松软温热，每个单独包装，好像是刚出炉的。我用手摸索着，打开了饼干，里面散发出一股令人垂涎欲滴的热巧克力味。"我会给他第二次机会，看看会发生什么。"

一年后，食堂感觉不一样了。菜单如期而至。也就是说，克劳德信守了他的承诺。看得到菜单大大减轻了我走进嘈杂食堂的压力。吃素也变得容易多了，这一切的发生都是因为我把这件事定性为公民权利的问题。

菜单上说二号窗口有奶酪玉米饼，所以我径直走过去。"奶酪玉米饼。"我走到柜台前，告诉服务员。服务员在我的托盘上放了一个盘子。"谢谢。"

靠墙的桌子是最安静的，所以我向那里走去。走近桌子时就放慢脚步，眯起眼睛看哪张桌子是空的。一直走到最后一张桌子，都有人。

一个年轻女子在我旁边停了下来。"你在找你的朋友吗？"

我困惑地盯着她。"是……"

她开始往前走，我跟着她。她在靠墙的第二张桌子旁停了下来。"他在这里！"

当我走向坐在桌旁的人时，发现他旁边有一根长长的白色手杖。

"嗨，比尔！"

"嗨，哈本！"比尔是来自新墨西哥州的大一学生，也是盲人。这里的人有时也冲他大声说话。他必须向他们解释他不是我，他听得见。

我感谢了那个帮助我的女人。她走开了，我坐在椅子上。"我只是在找桌子，这个学生走过来问：'你在找你的朋友吗？'"

"然后她带你来找我了？"

"是的！"

"因为所有的盲人都得是朋友，对吧？"

"显而易见！"我们笑起来，我把注意力转向玉米饼，它闻起来真是太香了。"嘿，比尔，食堂给你发邮件了吗？"

"是的，事实上——真的帮了大忙。"

"就是好奇问问。你听力没问题，难道都听不到别人给你读菜单吗？"

"有时候听不到,食堂真的太吵了,即使是我也几乎听不到别人说话。所以电子邮件真的帮助很大。"

"哇哦,我不知道听力正常的人在这里也听不见。我很高兴他们给你发了菜单。"

比尔的回答揭示了一个惊人的发现。我的呼吁声影响了整个群体。我努力带来的改变不仅为我自己,也为刘易斯和克拉克学院未来的盲人学生争取了更多辅助性权利。我记得自己一直在想,菜单这件事是否真的值得花费那么多精力和时间去争取。有一阵子我想也许我不得不忍受这样的状况了。不过逃避问题并不会让问题消失。从熊眼前跑开,它就会追你。如果我没有坚持自己的立场,这个问题可能会困扰我整整大学四年。

和比尔谈话之后,我开始在网上到处浏览,查找全国各地的法学院。仅仅出于好奇。

第十九章　阿拉斯加给我的冷酷真相

阿拉斯加，朱诺。2008年夏天。

"我们真不该雇用你。"经理的话像一盆冰水冲我兜头浇下。

大学二年级一结束，我就飞往阿拉斯加首府朱诺，满以为我会得到一份很酷的工作——导览阿拉斯加国会大厦。招聘人员知道我耳朵听不见，同意我在导览期间通过辅助技术来听取问题和意见。他们也知道我的种族身份——我在申请表上勾选了"非裔美国人"这一项。只有一件事，直到我来到了国会大厦，他们才知道。今天早上我参加迎新活动时，经理把我拉到一边。

他的办公室窄小到令人窒息。我们面对面坐着，膝盖都快碰到一起了。我挺直了背，打算开口："你让我走是因为我是盲人吗？"

"不，因为你是加州来的。这些工作是为阿拉斯加居民提供的。"

我的胃在下沉。我坐在那里，无言以对，直到最初的震惊转化为不平。"文件上写了我来自加州。我们甚至通过电话面试，就是因为我不住在这里。这些情况几个星期前你就知道了，如果这个职位只提供给本地居民，那为什么你雇用了我？"

"这是我们的失误，抱歉。"

窗外下起了一场淅淅沥沥的小雨。寒冷渗进外套，让我胃里升起的恐惧愈发雪上加霜。没有人会雇用我。

戈登在一家旅游公司工作。他的姐姐在另一家旅游公司。他的哥哥管理一个青少年暑期活动项目。戈登的爸爸负责带领野外和野生动物摄影之旅。他们的一位朋友也和他们一家住在一起，从事青少年救助工作。戈登的妈妈劳丽是音乐老师。每个人都有自己的工作，除了我。

劳丽去国会大厦把我救了出来，一路上都在谴责他们对我的所作所为。"你会找到更好的工作，哈本，朱诺有很多打暑期工的机会。"

我沮丧得说不出话，只能点点头。

当我们回到戈登家位于森林的温馨小屋里，我径直走向电脑。劳丽说得没错，求职网站上有很多空缺职位。旅游业是阿拉斯加仅次于政府机构的第二大雇主。每年夏天

第十九章 阿拉斯加给我的冷酷真相

都有超过一百万游客来参观这个城市的壮阔景色,尤其是种类繁多的野生动物和巍然屹立的门登霍尔冰川。许多雇主会选择下四十八州的年轻人来填补暑期的空缺职位。当然,招聘广告里肯定不会提到朱诺没完没了的雨。

接下来的几周里,我发出了几十份申请,主要针对那些和我在公共演讲方面的优势相匹配的工作。自从帮助马里建了一所学校以来,我花费了大量时间对各种场合的听众发表演讲。我的经历给国会大厦的招聘人员留下了深刻印象,以至于他们选择了我,而不是阿拉斯加居民——至少在我拿着一根白手杖走进来之前是这样。然而申请带来面试,面试导致拒绝。我只能又回到求职网站,拓宽搜索范围,针对那些要求阅读、写作或分析能力强的广告做出回应。结果还是一成不变:提交申请,勇敢面试,然后面对拒绝。我改变策略,对几乎所有的招聘广告做出了回应:整理礼品店货架,烤蛋糕,在酒店洗衣房叠衣服。拒绝,拒绝,拒绝。

残障专业人士警告过我:努力工作,否则你将永远找不到工作。大约百分之七十的盲人失业在家。我在学校用功学习,在高中毕业典礼上做告别演讲。我在路易斯安那州盲人中心花了一整个夏天的时间磨炼我的独立生活技能。我的大学绩点出类拔萃。我的简历上甚至还有志愿者的工作经历。这一切依然没有逃过百分之七十的失业率，我在就业机会大把的阿拉斯加一无所获。

当你做对了每一件事，社会却一而再再而三地践踏你的自尊，这着实会让你产生一种翻江倒海的切肤之痛。它使你质疑传统观念，即只要努力工作，就能克服一切障碍。戈登在鼓励我，但我已经不想听了。他一直鼓吹阿拉斯加的夏天有多么漫长，太阳要到晚上十点才落山，他保证我一定会在这里找到一份暑期工作。相反，我在这里只找到了就业歧视。

失明只是缺乏视力，但人们却把残疾夸大到荒谬的程度，认为残疾人都是无能的、智力低下的，也无法以其他方式做出任何贡献。这是几十年来的主流文化叙事灌输给人们的观点，即残疾人次于非残疾人。无论我走到哪里，无论我多么努力，健全中心主义总是阴魂不散。

劳丽烤了巧克力马卡龙。温暖而诱人的巧克力香味会把我从电脑前拉开——哪怕就一小会儿。当其他人都去工作时，她邀请我沿着陡峭的"坚毅小径"远足，一路都是瀑布。当呼吸到流过草地和树木的山涧空气，感觉阳光照射在脸上时，我暂时忘记了自己是一个可能永远都找不到工作的失败者。

后来，劳丽把我推荐给了她的朋友瑞秋，她是本地一家健身房的经理。瑞秋看了我的简历，面试了我，雇我做了兼职的前台职员。在健身房之旅中，瑞秋教会了我如何使用机器、清理更衣室和管理收银机。我的白手杖一点也没让她感到不知所措。不管用视觉还是非视觉技术，只要我能完成工作就行。

有一天，一个女人走到前台。"嗨，我想用跑步机，但好像有点问题。"

"我来看看，是哪一台？"我跟着她走到一排跑步机前。她停在第二台机器旁边。我放下手杖，走上前按下了开关，没有反应。我试了试面板上的其他按钮，也没有反应。我用双手从上到下在机器上摸索，沿着基座找到了一个开关。当我拨开它时，跑步机呼啸着恢复了生气。

"天哪，谢谢你！太棒了！我压根儿没看到那个开关。"她说。

我咧嘴一笑。"我也没看到。"

我们开怀大笑，一种治愈的、净化心灵的笑声。

有时候触觉胜过视觉。

总有一天，全世界都会知道残疾人也是有天赋的。

第二十章　制造地震的小狗

新泽西州，莫里斯敦。2009年夏天。

"你要相信玛克辛。"我的教练说。乔治和我站在新泽西州莫里斯敦市中心的人行道上。我决定在大学最后一年养一只导盲犬。"通过背带感受她在做什么。她会引导你绕过障碍。"

我点头。玛克辛是一只训练有素的导盲犬，她在美国历史最悠久的导盲犬学校"看见之眼"（The Seeing Eye）度过了生命的头两年。在过去的几个月里，乔治为玛克辛提供了大量的训练，让她为走进我的生活做好准备。

"如果她犯了错误，就说'不'来纠正她；或者，如果很严重，就用尖刻的声音说'噗'（Pfui），这是德语中表示极度不悦的感叹词。不过，表扬她更为重要，所以要给她很多赞赏和鼓励。这样她就会很想帮你引路了。"

我在她旁边蹲下来，开始抚摸她。"你是个好姑娘，玛克辛。"

对于一只德国牧羊犬而言，她的体型其实很小：体重仅二十三千克，几乎是其他牧羊犬的一半，但她的大小对我来说再合适不过了。玛克辛有着光滑的黑色和棕褐色皮毛，耳朵周围那一圈的绒毛尤其柔软。她可爱的长鼻子不停指着、戳着、推着我的手，要求更多的抚摸。第一天下来，我就完全迷上了她。

"让她带你去周边转转，从下一个街角开始。"

"好的。"我站起来就位。我的左手拿着一条"看见之眼"设计的牵引绳和背带，柔软的皮带绕住导盲犬的背部、肚子和前胸。可调式搭扣有助于确保舒适贴合。这些皮带连接在她背部的一个轻巧的手柄上。我用左手握住手柄，用右手做向前的手势。"玛克辛，向前。"

她冲向前方，我的胳膊也被往前拉扯。我不得不小跑起来才跟得上。就在那时，一节从前的舞蹈课突然浮现在我的脑海里。连接中的张力有助于领导者在舞池中引导追随者。感觉到背带手柄绷紧，我开始快走。我集中精神，全神贯注地迈开步伐，以跟上她的四条飞毛腿。我的左脚踢到了人行道上的一条大裂缝，差点绊倒，好在我跳了一下。玛克辛继续拉着我向前。我翘起脚趾，尽量减少跌跌撞撞。玛克辛带领我穿过更颠簸的人行道，这次我保持了平衡。然后她在人行道的尽头停了下来。

"好姑娘！"我挠着她的耳朵。

"怎么样？"乔治问道。

"太棒了！"

"她会不会走得太快？"

"没有！真有趣！"

"好吧。如果她跑得太快，你可以叫她慢一点。"

"嗯。"

"现在我要你左转，走到这条街的尽头。"

"玛克辛，左边。"她向左转。"玛克辛，向前。"

玛克辛向前踱步，我在后面大步流星跟上。深呼吸，集中精神。我的脚沿着不平的地面滑行。然后玛克辛在下一个街角停了下来。

"好姑娘！多好的姑娘啊，玛克辛！"我在她旁边蹲下来，摩挲她的脖子。

"太棒了。"乔治说道，"继续走。"

我站起来。"玛克辛，左边。"我们重新就位，我再次给了她前进的指令。

我的左手感觉到一股强大的拉扯，便立刻跟着这股力量移动。我的双腿迈开又长又快的步伐，所有的注意力都集中在和玛克辛相连的背带上。她每向前一步，轻微的震动都会沿着背带传递到手柄上。左，右，左，右。我惊讶于多少触觉信息通过背带的手柄传递。

我的脚撞到了一个东西上。我要摔倒了。我手脚猛地一跳，在最后一秒打破了跌倒的趋势。当我站稳的时候，我的腿都在颤抖。

乔治跟上来了。"说'噗'。"

我的声音好像卡在喉咙里了。我深吸一口气，发出一声凶猛的"噗"。

玛克辛后退几步，心烦意乱。我也很难过。她带我撞上了一些盆栽。

"你受伤了吗？"乔治问。

我考虑了一会儿。"没有。"

"好吧，向右拐，让她往前走，回到人行道上，然后左转。继续在这条街附近走动。"

我犹豫了，低头看看小狗。她把我绊倒了！"看见之眼"的导盲犬绊倒了我。

我把牵引绳和背带调整到合适的位置。"玛克辛，向前。"她走了两步，然后停下来。我用更权威的声音说："向前。"她才开始继续走。"玛克辛，左边。"走了几步后她向左转。回到人行道上，她加快了速度。我的脚趾翘起来，提防再次摔倒。当我们抵达街区尽头时，我们都停了下来。

"表扬她。"乔治说。

我怀疑地看了他一眼。"她绊倒了我。"

"那是之前。她犯错后你纠正了她。当她做对的时候,她需要被表扬。她刚把你带到这个街角,你应该表扬她。"

"好的。"我俯下身子挠挠玛克辛的耳朵,"好姑娘!好姑娘,玛克辛!"我挺直身体。"她为什么会绊倒我?你们不是训练过她吗?"

"狗和人类成为工作伙伴需要时间。如果第一天就磨合得很好,那么我们就不需要三周半的训练计划了。你得有耐心。这些事情需要时间。"

我怀疑地皱着眉头。

"我们回去吧。"乔治领着我一起走回培训中心。这是一个大房间,里面有沙发和扶手椅,学生和教练可以聚在一起。

我在沙发上找了个空位坐下来。"玛克辛,坐下。"她没理我,直到我轻轻地把她的屁股往下推。"好姑娘!"

"嘿,哈本!"一个女人从沙发另一头叫我,"你走得如何?"凯安娜是芝加哥人。她来这儿是为了和她的第三只导盲犬一起训练,她从不介意回答我的那些新手问题。

我挪过去坐在她旁边。"玛克辛想害死我。"

"什么！怎么回事？"

我向凯安娜描述了那起事故。她笑了。"亲爱的，每个人都会遇到这种状况。这些狗在训练中会出点乱子。你要信任你的狗。"

"我相信她，可她绊倒了我！"

"哦，她不是故意的。"

我阴沉地咕哝着："嗯哼，当然。"

凯安娜忍俊不禁。"相信我，一切都会好起来。就像约会一样，第一次总归有点尴尬，但相处的时间越长，你们之间的关系就会越牢固。"

我低头看看躺在我脚边地板上的狗。"我相信你说得对。"我站起来，玛克辛也跳起来。我笑了。"我要去找点东西阅读。"我伸手向下，抓住玛克辛的背带，"玛克辛，向前。"我们穿过房间，玛克辛在前面带路。她停下来。我往下瞄了一眼，看到她低着头坐在地上，尾巴伸直了。我困惑地盯着她，然后突然意识到：她在撒尿！她在屋里撒尿！我震惊得动弹不得，四肢僵硬到像是在寒风中被冻住，然后，我想起了乔治的建议。我俯身靠近她的耳朵。"噗！"她还在尿尿。我用最刻薄的声音又试了一次："噗！"

"你纠正得对。"另一位教练佩吉向我们走来，"没关系，我来收拾。"

我犹豫了一下。应该是我来帮我的狗擦屁股才对？不过，既然有教练主动提出帮忙，那么——"谢谢。"我挥手示意玛克辛继续前进。"向前。"我拿起一本盲文杂志，坐在凯安娜旁边的沙发上，"玛克辛刚才在这里撒尿了。"

"鲍勃的狗刚刚也在这儿尿了，它们有时会在训练中闹点小脾气。"

我摇头不已。"我以为它们是受过训练的。"

"它们是受过训练。但我告诉过你，感情需要时间培养。"

我翻开杂志。"从第一次约会来看，这位是个臭脾气。"

晚上九点，我回到房间准备睡觉。我把玛克辛拴在她的狗窝旁，然后爬到旁边的床上。她就坐在我床边。"你是个好姑娘，玛克辛。"我爱抚她。当我一停下来，她就用鼻尖戳我。"宝贝，你得睡觉了，现在是睡觉时间。"我把被子拉过头顶。透过毯子还能感觉到她长长的鼻子在戳我的胳膊。我不理她。然后她的两条胳膊搭在我身上。"啊！"我推开她，把被子拉开，"趴下！"她还是站着，头枕在我床上。我把被子推到一边，跳下床，跪在她身边。"坐下。"她坐着，然后抬起一只前腿扒住我的膝盖。"好姑娘！好，玛克辛。"我挠着她的耳朵，她把头靠在我的手上。我继续摩挲她的脖子、肩膀、后背。"趴下。"她趴在狗窝里，然后我继续抚摸她。"好姑娘，玛克辛。好极了，玛克辛。晚安，玛克辛。"我刚站起身，她又跳起来。"腻歪够了，该睡觉了。"我绕到床的另一边爬上去。

我筋疲力尽，很快就睡着了。睡眠把我带进了一个想象力主宰的世界。五官变得不重要了——本应是视觉和听觉映射出清醒的世界，但我却不费周折就可以获得信息。我识别他人，接收信息，体验现象。知识从我的身体里涌现，仿佛一直存在。我梦见回到了加州的家中，妹妹和我坐在客厅里，啜饮萨巴做的肉桂茶。然后我们的房子开始摇晃。地震了！

我躺在床上，心怦怦直跳。震感很真实。新泽西有地震吗？

就在这时，床开始摇晃。

地震！

我右侧的震感更强。我掀开被子往右边爬，然后停了下来。玛克辛的上半身搭在床上。我困惑地待在她够不着的地方，看她到底要干什么。她也望着我。然后以闪电般的速度疯狂抓挠床垫，就像在挖洞。整张床都在摇晃。

"你就像一场小地震，玛克辛！"我笑着开始安抚她，"是因为想要挠痒痒吗？"她把脑袋靠在我的手上。我爬下床，跪在她旁边。她从床上跳下来，用鼻子推我。"'看见之眼'不允许狗狗上床，抱歉。"我把她全身的毛都捋了一遍，检查是否有什么不对劲，她一直在用鼻子戳我，用爪子拍我。"你没事，宝贝姑娘。趴下。"她马上趴在地上，然后开始打滚。我挠挠她的肚子。"好姑娘，玛克辛。晚安了，玛克辛。"可当我站起来的时候，她又站起了。我爬回床上，用被子蒙住脑袋。床又开始摇晃。我没去管她，几分钟后，我坠入了梦乡。

在接下来的一周里，玛克辛和我进行了很多小时的训练。乔治在一旁看着我们在人行道上行走，穿过街道和逛街。每当玛克辛带我撞到什么东西，我就会纠正她。她做得好的时候，我会表扬她。她得到了很多表扬，尤其是检查交通状况的时候。当我们在过马路时，教练们会有意向我们开车直行，玛克辛总能带我避开车流。

当我没和玛克辛一起训练时，我在为法学院的入学考试（LSAT）学习。我带来了盲文的练习册，也在笔记本电脑上存了一份练习册的数字副本，这样我就可以用屏幕阅读器来看。

我坐在桌前敲敲打打，正在写一篇文章。玛克辛扒住我的腿。我把手从键盘上放下，开始抚摸她。"趴下。"我继续抚摸她一阵。"好姑娘！现在休息吧。"

我的手回到键盘上，开始打字。当我第一次试着做

LSAT练习题时，我的大脑僵住了。正确答案似乎远在天边。我要做这些题目，我告诉自己。不管是对是错，我都要开始了。我强迫自己敲下文章的开头。我写的第一篇文章得到的反馈有助于让之后的每一篇文章都写得更好、更容易。我甚至不需要思考就知道我想写什么。敲下一个句子时，我的手指在键盘上飞舞。

玛克辛又扒住我的腿，我继续打字。她还抓着，我的手还在键盘上。玛克辛用她的长鼻子顶着我的左手腕，我的手悬空了。

我笑了。"你可真执着！"我按摩她的脖子，她靠在我手上。"你就是无时无刻不想要关爱。可我得学习，否则我永远进不了法学院。趴下，好姑娘！休息。"

我坐在椅子上，继续打字。几秒钟后，玛克辛用鼻子再次把我的胳膊从键盘上顶开。我甩开它，把胳膊放回键盘上。不过我的肌肉紧绷，准备应对第二次袭击。鼻子又推胳膊了。但这次我的胳膊没动。她用力推，把我的胳膊从键盘上挪动了五厘米。

"不，"我轻声责备她，"边界感。我需要你尊重我的工作时间。我们待会儿再玩。"说完，我回到电脑前。

她又用鼻子试了两次，发现得不到回应后，就四肢伸开趴在地板上。我继续学习。

下一次中断来自广播。午餐时间到了！

玛克辛和我走进大厅。我的左手抓着她的牵引绳和背带。"向前！"玛克辛开始沿着走廊前进，走过其他宿舍。我鼓励她加快速度："加油。"她速度加倍，向前冲去。"好姑娘！"我们冲下大厅，左转穿过一个小休息室，然后停下脚步。"好姑娘！"我一只脚向前伸，拍了拍最上面的台阶。"向前。"我们一起走下了楼梯。"好姑娘！向前。"玛克辛开始走。"加油。"我催促。她加快了速度。我和玛克辛飞过大厅，飞过另一个学生。"好姑娘！加油，玛克辛！"

"哈本！"

我停下脚步，玛克辛也停下来。

德鲁走过来。"你得慢一点。"

"为什么？"

"你走得这么快，玛克辛就没有足够的时间去思考。再说，我们这里还有其他学生。如果有两个盲人都走这么快的话，砰！"

我咧嘴笑了。"好的，我们会在人多的地方减速的。"我向餐厅的方向挥手。"玛克辛，向前。"

她走了几步，然后停下来。就像前几天那样坐在地上，头朝前，尾巴伸直。

第二十章 制造地震的小狗

我气得直跺脚。她还在尿。直到我把愤怒转化为一个字："噗！"玛克辛才站起来。我马上带她走到乔治面前。"她刚刚又尿了！上周她才在市中心的培训中心撒过尿。她为什么这么做？她应该接受过居家训练啊！"

"你今天早上带她出去了吗？"

"是的，两次。"

"我训练她的时候，她不会这样。"

我不置可否地看了他一眼。"这是什么意思？"

"我敢肯定她的卫生习惯没问题。给她点时间，始终称赞她。你们俩磨合得很不错。别担心，我会把这里收拾干净的。你们去吃午饭吧。"

玛克辛和我走进餐厅。学生们围坐在长桌旁，狗躺在下面。玛克辛和我走到靠墙的一张桌子旁，那里安静一点。一个留着齐肩黑发的女人坐在最末端的座位上，一只黑色拉布拉多安静地躺在她脚下。

"你好。"我滑到她旁边的座位上。

"嘿，哈本！"

"史黛西，对吗？"史黛西来自威斯康星州，是经验丰富的导盲犬训练师。

"是的。"她把手伸到桌子下面，看看她的狗伦敦怎么样。

玛克辛的背紧贴着我的鞋子。我保持双脚一动不动，这样她就可以打一会儿盹了。"你早上过得如何？"

"很糟糕。"

我的眼睛睁大了。"发生什么事了？"

"哦……所有事都很糟糕。"

我震惊了。"所有事？"

"是的。"她笑起来，"但一切都是我的错。我犯了一个错误。"

玛克辛站起来，翻了个身又躺下了。她把爪子搭在我右脚的鞋子上。"那到底是怎么回事？"我问史黛西。

"我在停车场迷路了。"

"哦，不！"

"我花了差不多十分钟找路。"她的声音里夹杂着欢乐和沮丧，"不过，最后我还是出去了。"

"那很好啊。"我琢磨了一下她的故事，"你当初是怎么走进停车场的？"

她用一种安静又有点难为情的声音回答道："是因为伦敦。"

我笑起来。"这些狗狗！我的狗也闯了祸，她今天早上在走道撒尿，上周在市中心的培训中心撒尿。半夜把我吵醒，我睡不了一个整觉。我感觉自己在养一个小婴儿。"

"但是我们无论如何都爱它们,不是吗?因为它们带给我们自由和独立。"

我伸手去拿桌上的一杯水,决定还是不说出我内心的想法了。

我的自由和独立来自我自己。我的自信来自我自己。和导盲犬搭档是一个选择。它不比手杖好,也不比手杖差,只是不同而已。手杖能探测到一排植物,以防我被绊倒。手杖可以让我睡觉,而不是用地震吵醒我的美梦。手杖不会到处撒尿。这个简单的器具拥有惊人的优雅力量。我开始思考我是否应该继续使用手杖。

但是,和狗狗一起走路的感觉很棒。玛克辛在外面行动自如,能轻松地绕过障碍物。导盲犬不仅能有效避开周遭的障碍,也能提供一种陪伴。使用手杖时,我需要先用它触碰障碍物,才能绕过它,长时间抓着手杖也比长时间抓着背带更消耗体力。多一双眼睛和耳朵,导盲犬也能对周遭环境有更多反馈,可以让我更安全地穿过街道和探索周围的世界。

和手杖相比,我还是更愿意带着导盲犬出行。但是室内撒尿是不能被允许的。我未来的活动场所包括教室、法庭、法学院和律师事务所。我不可能带着一条到处撒尿的狗狗穿梭在职场中。玛克辛很可爱,但她如果继续这样下去，我只能重新捡起手杖了。

经过漫长的一天训练，我和玛克辛在睡觉前来到了学员休息室。"你好？"房间里好像空无一人。我坐在沙发上，拿出我的苹果智能手机。苹果刚刚开发了一种屏幕阅读器，可以把屏幕上的图形数据转换成合成语音，这是我真正能听到的第一个语音合成器——耳机可以把在我有限的听力范围内能听到的高频声音传进我的耳朵里。革命性的应用程序让我们得以使用一系列功能强大的工具——GPS、电子邮件、电子书和网络。我依然不敢相信自己真的能给别人发短信。

玛克辛跳起来。我抬头一看，发现有几个人走进了房间。我听不见他们彼此的交谈，所以继续低头看手机。

"你在做什么？"一个声音问道。

我打量了一下坐在我旁边的那个人：一个和我差不多高的家伙，带着一只黑色拉布拉多。我笑了。"嗨，乡村小伙。"

沙发另一边的女人发出欢呼。凯安娜！彼得用得克萨斯州的乡村故事逗她开心之后，是她起了这个绰号。

"你要回答我的问题吗？"彼得问。

"我在发短信。"

"给谁？"

"戈登。他来自阿拉斯加。"

"哇哦,他有莎拉·佩林那样的口音吗?"

我笑了。"我不知道。我去问问他。"

我右边的人喊了起来:"谁的狗在舔我的脚!"我认出了他的一身黑袍。塞巴斯蒂安在波多黎各做传教士。一个教练告诉我,塞巴斯蒂安的搭档是一只黑色拉布拉多,正好和他的黑袍很配。

我检查了一下玛克辛的鼻子,发现她就在胡安脚边。"宝贝姑娘,这可不专业。快往旁边挪挪。很好,玛克辛!好姑娘!"她躺在地板上,朝另一个方向伸了个懒腰。

"你和她说话的方式真是太甜了。"塞巴斯蒂安说。

"那是因为我不会说德语。"

胡安咯咯笑起来。"你叫什么名字?"他用西班牙语问。

我很意外。我们参加这个项目已经三周了。"我叫哈本。"我也用西班牙语回答。

"天堂[1]?像天空?"

我愣了一下,用我仅有的西班牙语知识翻译着这句话。"不,我的名字叫哈本。虽然本人的确天堂般美好。"

房间里哄堂大笑。幽默给人带来快乐,让一切因为残

---

[1] 胡安把"哈本"听成了 heaven(天堂)。

疾而产生的尴尬气氛烟消云散。幽默总是吸引人的，为人与人之间的联系奠定基础。小时候，我突然发现了往往会伴随笑声而来的善意，从那时起，我就一直在培养自己的幽默感。

胡安转换成英语："哈本，彼得在叫你。"

"哦。"我在沙发上转过身来面对彼得，"你说什么了吗？"

"是的，我在想，你能不能给我拿杯喝的呢？"

"可以。或者，我应该让你练习独立自主？"

"不不不，"他哀号道，"那一点也不善良！"

"好吧。"我站起来，向玛克辛做了个手势。"玛克辛，向前。好姑娘！"玛克辛突然又坐下来撒尿了。我浑身的血液都沸腾了。"噗！噗！"我深呼吸，试着冷静下来。"凯安娜，玛克辛刚才又尿了！"

"没事的。她还在学习。宝宝们有时候会搞得一团糟。"

我走向一个放着清洁用品的架子，拿起一卷纸巾和一瓶清洁剂走回地毯。我撕了几张纸巾，把它们叠起来，在地毯上来回擦拭，寻找尿湿的地方。玛克辛轻推我的胳膊。"坐下。休息。"我犹豫了一下，然后咕哝着说，"好姑娘。"

清理完，洗过手之后，我向房间里的人宣布："我要睡觉了。"

凯安娜问:"你不高兴了吗?"

"是的。"我走向凯安娜,玛克辛跟在后面,"我们已经训练三周了,她还会出事故。"

"随着时间过去,情况就会越来越好的。相信我。它们在训练中会出状况,但训练结束后一切都会更好。别带着一肚子火上床睡觉。"

我叹了口气。"也许玛克辛本就不适合做一只导盲犬。"说这句话的时候,我的心揪在了一起,似乎暗示着即将到来的分离。我安静地走回了卧室。

第二天,我告诉乔治我们需要谈谈。他走进学员教室,在我面前坐下。

"玛克辛出了很多意外,"我告诉他,"频繁到我甚至不觉得可以被称作'意外'。我不认为她有资格毕业。我不能要一只没有养成良好卫生习惯的狗狗。"

"你喜欢你的狗吗?"他问。

我向下瞄了眼坐在我们中间的玛克辛。她竖着尖尖的耳朵,我们说的每一个字都听进去了。"我很喜欢她。她很聪明,很贴心。她是一只非常可爱的狗狗。但这不是重点。"

"她带路带得如何?"乔治继续问,似乎没听到我的担忧。

我的太阳穴一跳一跳地疼。"我不是在抱怨她带路。她做得很好,每天都在进步。但她还是会在屋里撒尿!这才是问题所在。"

"玛克辛是一只了不起的狗狗。我训练过的最好的狗之一。我和她一起工作时她没有出过乱子。你有带她去外面的洗手间吗?"

我沮丧得说不出话来,只能点点头。

"你带她出去时她会上厕所吗?"

我又点点头。

"那就没事了。继续给她机会出去。"

"你不明白。已经三个星期了,她还是会出意外。培训都快结束了,我不能要一只总在屋里撒尿的狗。"

"你不是非要她不可。你可以把她留在这里,这是你的选择。但如果我是你,我会要她。她是我见过最优秀的狗之一,非常聪明,非常讨人喜欢。你们俩相处得也很好,她真的很喜欢你。"

我的眼睛湿润了。我努力忍住眼泪。"我也很喜欢她。但在屋里撒尿是不行的。我打算去读法学院,然后成为一名律师。和一只经常出状况的狗出行是不专业的。你明白这是行不通的吗?"

"当然。我同意你的看法。但她是受过居家训练的——

德国牧羊犬非常敏感,很抗拒改变。她正在努力适应,只是需要些时间。"

"她什么时候才能停止出乱子?"

"我无法给你确切的日期。但如果你愿意,你可以把她留在这里。没人会强迫你带她走,但她是一只很棒的狗狗。再给她一点时间。"

我开始抚摸玛克辛,因为我内心正在挣扎。她是一只可爱的狗狗,我很喜欢她,虽然我来这儿不是为了得到一只可爱的狗——我来这里是为了得到一只服务动物,而服务动物每隔一两天就出事故是不可接受的。

我该怎么办?

离秋季学期开学只有几个星期了。如果她到九月份还没有训练好,我就把她送回"看见之眼"。我咽下口水,试图清除卡在喉咙里的肿块。"好吧,我会给她更多时间。"

"好极了。不错的选择。我们还有什么需要讨论的吗?"

我摇摇头,仍然抚摸着玛克辛。

乔治站起来,向门口走去。"你们俩做得很好。继续努力。"然后他走出去,关上了门。

我继续抚摸玛克辛全身柔软的皮毛,告诉她:"小南瓜,你还在试用期。"

玛克辛已经记住了我所有大学课堂的路线,她最喜欢的是我们回家的路线。只要我给她信号，她的四条腿就开始加倍欢快地摆动，差一点就跑起来了。我的整条胳膊都能感受到她沿着背带传递而来的兴奋，这让我会心一笑。我喜欢和她一起散步。玛克辛的步态十分优雅，赢得了我们周围每个人的尊重。我的同学和教授都说她是完美的。我抚摸她，赞美她，有时纠正她。不过他们说得没错，她很完美。

自从三个月前离开"看见之眼"后，玛克辛就再也没有出过事故。一次也没有。甚至在我们回俄勒冈州的八小时旅程当中也没有。现在我看着她就像看着一个成年人，试图回忆起她两岁时接受如厕训练的样子。

玛克辛在"看见之眼"接受过居家训练，但她当时对我的感情没有深到会在乎我的安全，或保证地毯的清洁。爱需要时间。爱是通过表达真诚的感激，创造明确的边界，实践宽恕和互相尊重而形成的。通过时间，这些共同的经历交织在一起，在我俩之间形成了牢固的纽带。时间和经历培养了一种拉近我们之间距离的信任感，建立了一种持续增长的共同理解。

还有一个很大的变化：玛克辛不再制造地震了。现在，我让她睡在我的床上。她答应我不告诉"看见之眼"。

第二十一章　爱是跟我爬上冰山

阿拉斯加州，朱诺。2010年冬天。

当我手忙脚乱地爬上冰山的时候，即使戴着厚厚的手套，我的手指也因寒冷而冻到麻木。在我身后，孩子们在结冰的湖面上滑冰；在我前面，离海岸大约八百米的地方，矗立着门登霍尔冰川的正面。

门登霍尔冰川位于阿拉斯加首府朱诺，是地球上最壮观的地点之一。每隔一段时间，就会有巨大的冰山从冰川上掉进它前面的大湖里。戈登、他的朋友萨姆和我正穿过结冰的湖面走向冰川，这时候我们发现了最不可思议的冰山。这是冰山中的冰山。它像梦里会出现的那种：一面是弧形的小山，可以从上面完美地滑下来！

我们当然想爬上去然后滑下来。几分钟前萨姆就第一个上去尝试了一把，现在我和戈登正在爬上陡峭的冰山。我感觉胳膊正在发抖。我可能滑倒，大冰川可能土崩瓦解，冰湖可能裂开，或者这座冰山可能坍塌。我尽量平息我的恐惧，提醒自己每一次冒险都有风险。再说，萨姆和戈登从小就在这片湖边玩耍。既然到了阿拉斯加，就要做阿拉斯加人做的事情。

"不！"在我身后，玛克辛也爬上了冰山。我用充满权威的声音说，"不！"玛克辛还在爬。恐惧在我的血管里跳动。"噗！"她跟着我在冰山上爬到两米高！"你不该跟我上来！玛克西尼[1]，这不安全。你得下去。"

我向冰山上面的戈登喊道："等等！我要把玛克辛送下去。我马上回来。"

我原路返回，小心地往下走。"玛克西尼，过来！"她转向我。"好姑娘！过来！"我的脚接触到光滑的表面。冰湖。我站起来。"玛克西尼，你可以的，来吧！"她从冰山上跳下来，落在我脚边。"好姑娘！别再这么做了。"

我走到萨姆身边。他住在朱诺，从幼儿园起就是戈登最好的朋友。"你能帮我看住玛克辛吗？"我把她的牵引绳递给萨姆。

"当然，没问题。"

"谢谢，萨姆。再见，玛克辛！乖乖的。"我抚摸她的背，

---

[1] 原文为 Maxeeny，是哈本对玛克辛（Maxine）的爱称。

我们之间隔着一个手套,感觉怪怪的。这是我大四的寒假。我已经在阿拉斯加待了几天了,但还不习惯双手被什么东西裹住。

我小心翼翼地走回冰山。冰山在大约一点五米高的地方变得陡峭起来,于是我尽量匍匐前进。在我把身体重量压在手上之前,我先用手套把冰面清扫一遍。我的脚裹在厚厚的羊毛袜和冬靴里,在我把身体重量压上去之前,小心地试探能不能落脚。冰山表面有光滑的区域,也时不时有坚硬的凸起,有的地方还覆盖着一层细小的碎冰和雪。

向上攀登需要我不断留意新的抓点。冰面上有新的凸起可以抓住,有新的洞眼可以落脚。我的脚经常打滑。我不断变换位置,直到觉得自己多少可以踩上结实的冰面。

每隔几步我就会抬头看看戈登和他红黑相间的防寒外套,它在闪亮的蓝色冰面上格外醒目。他总是等我跟上来了才继续往上爬。我知道没有我他会爬得更快,但他很有耐心,也知道我的速度。萨姆以比我现在快三倍的速度爬上了这个容易打滑的斜坡。戈登也可以爬得很快,但他觉得我们这不是在比赛,他只是想带我看看这片宏伟的冰雪世界。

我一步步向上爬,红黑相间的色块越来越近。脚下的冰面突然变得平坦,我意识到自己已经登顶了。我用双臂保持平衡，小心翼翼地坐到戈登旁边。坐在这么冷的地方可算不上是享受，但手脚能停歇下来倒也轻松惬意。我俯瞰着被我征服的冰天雪地，自豪感油然而生。我在四面环水的冰山上行走、攀登和小憩……

戈登的声音吓了我一跳："哎呀呀，这不是加州人吗！你来偷我们的冰吗？"

"如果你配合，我们会让你保留一半的冰川。"我看到山下两团模糊的影子，那一定是萨姆和玛克辛，"我们现在有多高？"

"大约六米。顺便说下，玛克辛在哭。"

内疚攫住了我的心。"没事儿的，玛克辛！别担心！我会回来的！"可怜的玛克辛。如果我知道我们今天要来爬山，我肯定会把她留在家里。玛克辛讨厌和我分开——当我们之间隔着什么东西时，她会发出最可怜的声音。当我去滑雪时，她会哭。当我去滑冰时，她会哭。当我洗澡时，她会哭。玛克辛讨厌任何事情把我们分开，就算是浴室门也不行。

"她正竖起耳朵听你的一举一动。如果萨姆不牵着她的绳子，她很有可能会跟着爬上来。"

我浑身一哆嗦。她可能会滑倒。她可能会摔下去。"谢谢你看着她，萨姆！"

萨姆喊了些什么。

戈登转达了这个信息:"他说他看到我坐的冰上有巨大的裂缝。他在撒谎。"

我的脑海里想象着冰面崩裂,戈登和我掉进深渊的画面。"我们走吧。滑道在哪里?"

戈登四肢着地,向右边爬了几步。"到这儿来,靠在我右边。"

我胳膊颤抖着,沿着戈登旁边的冰墙爬。

他举起我的左手,向左移了一米左右。

"这是悬崖边缘,"戈登说,"下去大约六米。"他把我的手移向右边。"这边有一堵墙。待在中间,你就会没事。"

萨姆开始大叫。

"他在欢呼。"戈登解释道。

我微笑了。那么多人会一唱一和地斥责我:"你不行!你不应该!你不能!"但萨姆和戈登恰恰相反,他们不仅跟我分享阿拉斯加的冰雪游乐场,还为我加油打气。即使是玛克辛也没有阻止我,她只是想和我在一起。

"你准备好了吗?"戈登问。

"不。"我忍不住尴尬一笑,"还有什么我应该知道的吗?你还有什么要描述的吗?"

"哦,不,没什么。离左边远点,你会没事的。"

我向前移动了两厘米,然后停下来。我的胃揪着。脑海里浮现出各种可怕的后果:如果我坚持不住了怎么办?万一脚下踏空了怎么办?身体里的每个细胞都在警告我不要在未知的环境里冒险。"还有其他描述吗?"我努力让自己的声音不那么颤抖,"还有别的吗?"

"玛克辛还在盯着你。她想要她的妈咪。"

哦不,她要看着妈咪从冰崖上摔下来了。我从滑道边挪开。"你能先滑吗?这样我就可以跟着你了。"

"当然。"戈登爬到我面前,然后坐下。他开始移动,一开始有点慢,然后越来越快。红黑相间的外套倏地一下就不见了。

我把手伸向左边,感觉到了边缘。左边有危险,我提醒自己。向右挪动,感觉右边的冰墙。我的双腿伸展在我面前,准备滑下冰山滑梯。

我打了个寒战。放松,我告诉自己。别怕。

峭壁、冰面还有整个湖面都融成大片的雪白。我看不见冰面的边缘。通常来说,我不会被未知的情况吓退。当我跟着玛克辛走街串巷的时候,即使看不见路,我也不会害怕,一点也不。因为我知道,就算摔倒在人行道上,只要爬起来就行。而这里,冰面太滑了,限制了我的行动,好像在我的聋盲障碍之上又添上了行动障碍。如果脚下一滑，可是从六米高的地方摔下去。

喊声从下面传了上来。

也许他们又在欢呼了，我笑起来。

更多喊声。

如果他们想警告我呢？如果冰山裂开了怎么办？我偷偷看了一眼悬崖下面，心怦怦直跳。没有。我全神贯注地倾听。什么也没有。我深深地吸了一口气，希望得到一个信号，一个迹象，一个线索。什么也没有。

我的手在冰面上猛撑一下，把自己向下推进。我加速，滑倒，滑行。我一边不断下滑，一边身体向右倾斜。我的右手划过冰墙，这曾是巨大冰川的一部分。我的左手平放在滑道上，帮助我和边缘保持距离。冰面渐渐变得平缓，然后我停下来了。

玛克辛跑过来，萨姆跟在她后面。

"玛克辛！看到了吗，我告诉你不用担心。"我挠着她的耳朵。

"你没听见我们喊你停下来吗？"萨姆问，喘得上气不接下气。

"我听不见你们。"我喃喃说道。屏住呼吸，等着了解一些我滑下来前不知道的危险。

"我们想告诉你等戈登拿到他的照相机再滑,这样就能拍到录像了!"

我长舒了口气。"哦。"担忧变成了理解,原来他们是想录像,把这不可思议的滑行记录下来。"好主意!那我就可以给我父母看了。"我的目光转向冰山。它曾经看起来又高又可怕,一座冰湖中的堡垒。现在我知道爬上去再下来的路径了。"我可以再滑一次,这样你就可以拍下来了。"

"天快黑了,"戈登说,"这个视频有多重要?"

玛克辛用鼻子轻推我的手。当她靠在我身上时,我把手放在她的脑袋上,开始按摩她的脖子。多棒的狗啊!她跟着我爬上了冰山,既让我觉得温暖,也吓了我一跳。她可能会想再跟着我,但她太珍贵了,我不能让她冒险。

就这样,我产生了一个新的认识,也改变了我的世界。这就是如果我父母看到我爬冰山时会有的感受。这就是我告诉他们我想去马里时他们的感受。他们设想了一个又一个危险。他们想阻止我,即使他们自己穿越了非洲,做了生活中各种各样的事情,冒险或其他。现在我在这里担心玛克辛的安全,却把自己的安危置之脑后。父母对孩子的安全要求比对自己高多了。父母自己对冒险毫不犹豫,但一旦孩子试图追随他们的脚步,父母就会开始夸大其中涉及的风险,并开始恐慌。通过玛克辛,我开始理解父母的爱,以及甘冒个人风险却宁保他人安全的矛盾之处。

"是啊,我们回去吧。我们可以改天再回来拍。"我转向玛克辛,声音变得兴奋起来,"我准备好了!你准备好了吗?"

玛克辛跳起来,原地打转,摇着尾巴。她不必再忍受和我分离了——除非我下次去洗手间。

第二十二章　哈佛法学院第一位聋盲学生

马萨诸塞州，剑桥市。2010年秋天。

"你能听见我说话吗？"

从耳机里传来的声音听起来很刺耳。耳机连着调频接收器，一个辅助收听设备的一部分。接收器接收来自调频话筒的声音。哈佛法学院聘请了美国手语口译员，为我的课堂提供视听信息。西莉亚·米肖和艾琳·福利坐在教室后面，对着速记员的话筒窃窃私语。话筒和接收器有无线连接，所以我可以坐在教室的任何地方。不过，我更喜欢坐在后排，以备我需要和口译员进行交流。

"[咕哝，咕哝，静电噼啪。]现在如何？"那声音问道。

我耸耸肩，然后摇头。

"这样好些吗？"嘶嘶作响让声音变得模糊不清。

我又摇了摇头。

"好吧，有回应说明你能听到我们的声音，对吗？"

第二十二章 哈佛法学院第一位聋盲学生

在我前面的某个地方，教授正在讲合同法。在他周围，七十名学生坐在一排排桌子上，面朝前方。如果我说话，就会扰乱课堂秩序。

我向后转身，举起双手，然后停下来。想通过手语进行交流，我就需要把我的想法提炼成自己有限的手语词汇。我尽量保持简单，用手势表示："复杂。"

"很复杂？所以你能听到我们，只是很难听到？"

我打手势："对。"

"好吧。我们能帮到什么忙？"

"我不知道。"我打手势。

"教授刚刚看了一眼我们。我想他在想你是否举手了。"

我的脸热起来了。我在心里告诉自己，打手语时手势要尽可能放低。

"你想让我们继续听课吗？"

我点点头，把椅子转向面对前方。

"好的，回到课堂。被告 [咕哝，咕哝]。"

课堂在继续进行，我绞尽脑汁去抓住每一个词。声音进了我的耳朵，就开始扭曲和变形。我无论怎么听，都是一大堆叽里咕噜、让人摸不着头脑的话。不是因为音量太小——已经调到很高的档位了；也不是因为讲课的内容太过艰深，难以理解，我事先已经做了功课。问题在于我的听力。越来越差,越来越少,令人绝望的听力。

我二十二岁,一年不如一年。改变悄悄地发生了,难以察觉,直到我发现自己几乎什么也听不见。我在盲人训练中始终佩戴遮光眼罩,因此适应持续的视力丧失并不难——我已经掌握了所有的盲人技能。适应听力下降却不容易。我的低频听力已经消失殆尽,有限的高频听力缩减到听力图上的一小块。逐渐远离的听觉世界越发让我变得孤立无援。

我的大脑已经为英语语音绘制了蓝图。蓝图有时会把我想方设法听到的高频声音转换成英语单词。我听到的单词意味着句子,句子意味着思想。以往的阅读正好能填上其中的空白。阅读帮我顺利度过了初中、高中和大学,阅读帮我抓住了那些从我锐减的听力中漏掉的想法。下课后,一个学生会把课堂笔记通过电子邮件发到残疾学生服务处,然后办公室会把这些笔记转发给我。如果我能从法学院顺利毕业,那就是因为阅读。

耳朵里的声音在说:"这是西莉亚。玛克辛四爪朝天。问题好多呀!"

我笑到肩膀抖动。我的手指拼出了"哈哈",我伸手去够玛克辛,发现她正在大伸懒腰。我揉了揉她的肚子。

"好吧,教授在黑板上写字。韦伯诉麦高文。等我们

第二十二章 哈佛法学院第一位聋盲学生

休息一会儿之后回来,我希望我们 [咕哝,咕哝]。"

房间里陡然嘈杂一片。我旁边的学生站起来走到门口。

我从座位上转过身面对口译员,开始说道:"你说话的时候我都知道,但有时声音实在太模糊了,让我无法理解。有时候会有静电的声音。其他时候我根本就听不到,我也不知道为什么。"

耳机里传来混乱不清的言语。

"对不起,"我脸红了,"现在这里太吵了。"

西莉亚跪在我面前。她把右手放在我的左手下面,开始打手语。

"对不起,我不知道这些手势的意思。"我更脸红了。这些译员学习美国手语多年,只为能和有听力障碍的人无障碍交流。我的表现让境况变得难堪——我不仅有听力障碍,好像连沟通也很困难,连专家都对我束手无策。

她指着门,手指在空中拼写出:"我们出去说吧。"

"好的。"我拿起调频接收器,站起来走到门口。我们三个人挤在安静的大厅里。

"你现在能听到我说话吗?"艾琳问道。

我微笑道:"是的,你不说悄悄话的时候我更容易听到。"

"说得是。我们一直在努力压低声音,以免分散其他学生的注意力。"

"我知道。我也不想让你们分散其他学生的注意力。"

艾琳递过话筒。"这是西莉亚。你知道我们做什么能让你在教室里更容易听到我们说话吗?"

"我也不确定。当你大声、清晰地说话,并且没有背景噪声时,我能听到你的声音。但是,我想话筒能接收到教授的声音,也许你说的话会有回声。另外,你还得小声说。"

"不确定因素太多了。也有可能是调频系统使用的无线电频率受到室内什么东西的干扰。"

我点头。"有可能。"

"天呐,我不知道,哈本。我再想想。艾琳有话要说。"

艾琳拿起话筒。"在我们回去之前,我只想告诉你,坐在我们前面两排的那家伙一直在桌子底下发短信。他以为自己神不知鬼不觉。太好笑了。每几分钟他都会喜滋滋地低头看手机。"

"谁?"我一直在费力地听课,却有学生开小差。也许我也该想办法减轻课堂压力。

"我不知道他的名字,知道了会告诉你的。"

话筒换人了。"这是西莉亚。如果你有什么特别想知道的,请告诉我们。我们当然会把重心放在讲课内容上,但如果你想让我们给你一些具体的视觉描述,也请告诉我们。"

"我对社会性的描述感兴趣——描写个性的小细节,让人成为人的小怪癖。"

"嗯,很有道理,我们会尽力的。回去吧?"

我点点头。我们走回教室,坐下。

大声的交谈在房间里回荡。我听不到确切的话语。两个学生站在前面两排桌子旁边,突然爆发出一阵大笑。我能听到,也能看到这欢欣鼓舞,还能感觉到那堵老玻璃墙又把我隔在这一切外面,只能向里张望。

我打开盲文电脑,开始阅读案例笔记。

学生们喋喋不休的说话声继续轰炸我的耳朵。笑声。更多的对话,又是笑声。我的内耳听到五个毁灭性的字眼:你被排斥了。

我开始抚摸玛克辛。

嗡嗡声不断敲打我的耳膜。我的内耳又听到了那个声音:你被排斥了。我按摩着玛克辛的脖子,努力想把杂音摒除在外。

一只手碰了碰我的胳膊。我转过身。西莉亚跪在我面前,把右手放在我的左手下。我伸出右手,放在她的左手上。她开始打手势。

"慢点。"我示意。我注意力集中在她的手上,感觉动作,处理信息,然后说出我的理解:"李青……在……对不起,我不知道那个手语。问……对不起,这个我也不知道。"我的脸因尴尬而一阵灼热。"什么……哦对了!我知道那个手势的意思。"我的脸感觉更热了,"对不起,继续。你的……狗叫什么名字问号。"

我环顾四周。有人站在西莉亚旁边。是李青。我对他说:"我的狗叫玛克辛。"

米歇尔站起来,拉过一张椅子坐下。她开始在我手心里写字。我再次把读到的内容念出来:"玛克辛……"我在疲惫的困惑中挑起眉毛,"是多少……岁,问号。"我转向李青:"她三岁了。我从她两岁时就开始养她了。那时她刚从导盲犬学校毕业。"

西莉亚开始做手势。

我的脑子像在被油炸、烧烤,爆了。大脑不再处理任何手语信息。

我抱歉地看了西莉亚一眼,然后把我的手拿开。"李青,我能给你看点东西吗?"我示意他到桌边来,当他站在我旁边时,我把盲文电脑转过来,把键盘对着他。"打出你的问题。"他说了些什么。我指着键盘:"我听不见你说什么,但如果你打字我就能读了。"他开始打字。"打完了把电脑推给我。"他把电脑推过来,我转过来,让盲文对着我。我的手指滑过一行文字:"这是怎么工作的?"

"当你敲下一个键,相应的盲文字母会弹出来,"我大声回答,"这是一台盲文计算机,叫盲文笔记。这基本上是一台带有触摸屏而非可视屏的电脑。"我把电脑转过来向他推过去。

他打字,然后把电脑推回给我。这句话写的是:"这台电脑很酷。哦,我想现在开始上课了,回头聊。"

我戴上耳机。"好了,开始上课了。谁能告诉我 [咕哝,咕哝]。"

我的脑子里充满了奇思妙想。如果我带一个无线键盘来上课,李青就可以把他那边的对话打出来。他一边打字我一边读,然后马上就能回应。我们就不必把电脑传来传去了。也许,只是也许,其他学生也会愿意和我说话。

和同学及教授保持良好沟通对我来说很重要,但这不是我从俄勒冈州搬到马萨诸塞州的唯一原因。我个人以及从其他人那里听到的歧视经历,激发了我掌握法律辩护技能的愿望。我的法律预科顾问敦促我努力争取排名最顶尖的学校,以获得最多的就业机会。即使是律师,如果有残障,也会受到歧视。

经过几个月艰难的、竞争激烈的法学院申请,来自全国各地的录取通知书纷至沓来。然后就是重磅消息：哈佛法学院——他们为我提供了包括助学金和学生贷款在内的一揽子经济计划。我一辈子都生活在美丽的加州和俄勒冈州，离开这里去东海岸对我来说并没有那么诱人，但我知道我必须尽一切所能让自己成为一名律师。我父母也支持我走这条路，尤其是在我答应毕业会搬回加州之后。

在某些方面，哈佛和我上过的其他学校很相似。书面用语是贯穿我整个学习生涯的生命线。残障办公室配合教授将所有的书面资料转换成辅助性格式。在过去，研究阅读材料和课堂笔记对我帮助很大，我想在这里应该也行得通。我最大的问题就是要找到一个更好的方式与同学和教授沟通。

戈登也搬到了剑桥城，现在经营自己的技术公司，支持家庭、学生和各类组织的学习和工作。他很擅长做这个，甚至解决了不少哈佛都没能解决的技术难题。

今年早些时候，我和他分享了我的一个想法：通过将蓝牙键盘连接到盲文电脑上，来创建一个交互系统。盲文电脑问世已经几十年了，功能也一直在发展。今年HumanWare就发布了第一款具有蓝牙功能的盲文显示器。加州职业康复部门为我购买了两台这款电脑，以支持我的教育和就业目标。戈登和我将盲文笔记与几款不同的蓝牙键盘配对，寻找最便携、功能最齐全、最舒适的组合。

课后，我在中央广场的阿斯马拉餐厅跟戈登见了面。我们中间放着键盘和盲文电脑。"我在考虑用这个键盘和同学进行交流。"我的左手放在盲文显示器上，等待他的回答。我伸出右手拿起我的茶。

他的话突然出现在盲文显示屏上："你怎么还没在课堂上用起来？"

"因为……"我犹豫了。我通常对自己的担忧只字不提，因为大部分的人会大惊小怪。不过戈登会真诚地倾听我的烦恼，于是我告诉他："因为别人可能会觉得这很奇怪。"

"都2010年了，每个人都在打字，打字没什么奇怪的。"

"这倒是。今天我的一个同学在盲文笔记上打字了，他也说这很酷。"

"是很酷！只要按一下键，瞧，盲文就出来了。除了是盲文之外，和发短信以及网络聊天没什么两样。"

这些我也知道，因为想到创建这个系统的人就是我。不过……百密终有一疏。戈登提醒了我，他在用自己的方式抵制健全中心主义，摆脱传统思想的禁锢。"谢谢，我就是想听到这些。"虽然社会对律师的交流方式有自己的预判，但是最终应该由我来定义自己成为什么样的律师。

开学两周后，我在一次会议上介绍了我的盲文交流系统，参加会议的有哈佛大学聋哑和听力障碍服务协调员乔迪·施泰纳、法学院残障服务主任凯思琳和职业服务办公室的珍妮弗·佩果[1]。我们四人聚在庞德楼的一张会议桌旁。法学院安排了一个工作坊，帮助学生建立人际网络，我想在工作坊上尝试使用我的盲文交流系统。

"让我确定我的理解没问题。"乔迪对着调频话筒说道，"你是说人们可以用这个键盘打字，然后你就可以读到盲文？"

我点头。

"好吧，听起来很简单。你想坐着还是站着？"

"人们在社交活动中通常是怎么做的？"我问。

"我让珍来回答这个问题。把这个传给珍。"

话筒换人了。"通常有人站着到处闲逛。我们在房间周围有几张接待台，那种高高的圆桌。"

"那么也许我可以把这个键盘放在其中一张桌子上。"

"当然。我们可以为你和乔迪预留一张桌子。如果你想坐下，我们也可以为你们预留椅子。"

---

[1] 作者在下文中将凯思琳（Cathleen）和珍妮弗（Jennifer）分别简称为凯特（Cat）和珍（Jen）。

我摇摇头。"站着没问题。"

话筒又换人了。"这是乔迪。所以,你和我会站在一张高桌子旁边。盲文电脑和键盘放在桌子上。玛克辛呢?她会在哪里?她会有自己的名片吗?"

"很多名片!每个人都会知道她的名字。我会让她躺在我脚边的地板上。"

"哦,玛克辛。用她那双又大又漂亮的棕色小狗眼睛看着我。好吧,"乔迪说,"我有个问题要问珍。这个房间将会塞满律师,我不是对律师有偏见,但是……你认为人们会到我们桌前用键盘打字吗?"

话筒传给了珍。"我们接触的是有兴趣成为导师和帮助年轻法律学生的人。我认为这将是一个很好的团体。乔迪要话筒,所以我现在把话筒递给她。"

"谢谢,珍。哈本,这个问题是问你的。我想提前做计划总是好的。我喜欢有所准备。假设有人把酒洒在键盘上,但愿不会,但意外总是有可能发生,你知道的,你认为我们的备用计划应该是什么?"

"问得好。"我靠在椅子上,思考这个问题,"我想我可以放一个备用键盘在包里。"

"太好了!如果盲文电脑出了问题呢?"

我皱起鼻子。"这种电脑很贵。我家里有一台备用的盲文电脑，但我不能冒险把它们都带在身边。如果泼洒事件发生，那只能这样了。我还能用触觉手语，虽然我只懂一些最基本的。我想触觉手语是我们的备用计划。"

"明白了，肯定会没事的。你要震撼全场！凯特，还有什么要补充的吗？我把话筒递给凯特。"

话筒又移动了。"我相信你会很棒的，哈本。如果你还需要什么，就告诉我们。我们都支持你。"

开展工作坊的那天，乔迪领我到房间中央为我们保留的桌子前。我把盲文电脑和键盘放在桌子上。

"这样行吗？"乔迪打字问道。

我开始感到焦虑，喉咙紧绷，只是点点头。

"耶！好的，让我看看。我在环顾整个房间。房间最左边有一个吧台——一个年轻人在那里做饮料。你想喝点什么吗？"

我摇摇头，不。

"聪明女人。好了，更多的人进来了。你后面有一张桌子，两个女人在聊天，她们年纪大一些，可能五十多岁。在她们左边，你的右后方，有两个男生和一个女生，他们和你差不多大，所以可能是学生。现在他们正走向吧台。"

我清了清嗓子。"你觉得你能找到人，把他们带过来吗？"

"当然。你想让我找谁?"

我耸耸肩。"谁都行。"

"亲爱的,这太含糊了。我是来这儿支持你的,我不想我的主观意见影响你和别人的互动。给我明确的指示。"

"好吧,找一个看起来友好的人。"

"定义友好。"

我紧张地笑起来。"让我想想……看你能不能找到一个微笑的人。"

"好吧,我来看看。哦,在我右边四点五米,你的左边,有三个人。打扮得挺精神的,大概三十多岁?他们在笑什么。要我把他们带过来吗?"

"不!"我的脉搏快到我都能感觉到,"我不想打断任何人。我们避开小团体吧。"

"好吧,我们在找微笑的单身人士。你想让我告诉你他们有没有戴戒指吗?"

"乔迪!"笑声从我的内心荡漾到手指和脚趾。我的肩膀终于放松了。"是的,说吧,什么都告诉我!"

"没问题。其他人都能看到这些细节,你也知道才公平。如果你想让我说的话,我可以描述一下服装、发型、首饰、面部表情,随便你指定。你告诉我想知道什么,我来描述一下。"

"好吧。"我给了她一个愉快的微笑,"你看到目前没有同伴的人了吗?"

"我在找……有个人站在饮料旁边,四十岁吧,也许,但我看不出来他是不是在笑。"

"你能把他带过来吗?"

"你要我说什么?"

"你可以说:'嗨,我可以把你介绍给哈本吗?她想认识你。'如果他说好的,然后就跟他解释:'她是聋盲人士,用的是键盘和盲文电脑。过来,我给你看。'你可以向这张桌子做手势。"

"明白了。马上回来。"乔迪走进了未知的世界。

我站的地方既显眼,也不显眼。人们会盯着我看——人之常情,站出队伍的人会被注意,比如一个带着狗和奇怪的电脑站在哈佛法学院接待会的黑人女性。人们会评判——也是人之常情。很多人会避开我,认为我不会提出什么有价值的建议。我左右不了他们的行动,但我能决定自己传递的信息。

我摸索到电脑键盘。"你很自信。"我打给自己看。我的手指滑行着,体会着,思考着,相信着这句话。

两个人靠近了桌子。"我是乔迪。西蒙过来打招呼,他不想打字,所以我会帮他打。"

我向西蒙伸出手。"很高兴见到你，西蒙。我叫哈本。"

他握了握我的手，然后没有放开。他说话，乔迪打字。我只能用一只手来读："告诉哈本我很高兴见到她。那是什么狗？真是一只漂亮的狗。狗会和她一起去上课吗？那它一定很聪明。很高兴见到你们俩。她很鼓舞人心。"

我感到不安。残障人士做一些微不足道的事情也总会被人说"鼓舞人心"，这好像变成了"怜悯"的委婉说法。有时，当健全的人对残障人士说出这样的话，意味着他们已经不知如何继续谈话了。

"这可能会有点令人困惑。"我把手从他的手里滑出来，对着电脑做了个手势。"当你说话的时候，乔迪正在打字。她输入的信息通过蓝牙发送到这台盲文电脑上。我在用盲文读你说的话。从你说话到转换成盲文中间会有一点延迟。如果你试着打字会更好一些。你愿意试试吗？"

"不用了，我很高兴看你们打字。这是我的名片，见到她很令人鼓舞。告诉她，她很漂亮。女士们，照顾好自己。"然后他走开了。

"现在只剩乔迪了。我把他的名片放在你电脑右边了。你觉得怎么样？"

"嗯。"下巴靠在手上，我假装在思考，"是挺……鼓舞人心的。"

"对吧?"

我点点头,露出坏笑。在参加活动之前,我就预料到会有这样的事情发生,但当它真的发生了,也就不那么可怕了。

"下一次你有什么需要我改变的吗?"乔迪问。

我摇摇头。"有些人就是不会把我当回事。不过会有人尊重我的。我们去找其他人。"

"我看见一个女人在走动。三十多岁,一手拿着饮料。脸上有点微笑。"

我点头。"见见她吧。"

"好的,马上回来。"她走开了。

我跪在玛克辛身边。她在我的脚边伸展着躺下,在一个满是花哨律师的大房间里,散发出禅宗般的平静。我用手抚摸她的皮毛,希望她这股平静能传递给我。

乔迪回来了。"哈本,这是莎拉。她要打字了,我现在回避一下。莎拉在这里。"

我向莎拉伸出一只手。"很高兴见到你,莎拉。"她握了握我的手,然后松开了。

"你好。"她打字说。

我给了她一个鼓励的微笑。"你好!你今晚过得好吗?"

"很好,我需要按回车键吗?"

我摇头。"不用按回车键,你打的每一个字都会立刻输入,你只要打字,我这里就会自动显示成盲文。"

"哇!我能感觉一下吗?"

我把电脑转过来,让盲文显示器对着她,让她触摸盲文的线条。然后我把电脑转过来面对我。

"太酷了。这是新科技吗?"

"这个设备是今年问世的。但从八十年代起就有类似的设备出来了。你是从事科技行业的吗?"

"算是吧。你大概能猜到,我是个律师。我五年前从纽约大学法学院毕业。"

"太棒了!你从事哪方面的法律?"

"我们做商业法。我的律所在波士顿市中心有一个办事处,我们很快就会受理暑期实习律师的申请,你有兴趣吗?"

我花了一点时间谨慎挑选我的措辞。"这听起来是个很好的机会。我最终想成为一名残疾人权利律师。你们办事处有人处理民权案件吗?"

"我做过一些民权案件的公益服务。我知道别人也有。我想把我的名片留给你,这样我们就可以保持联系了。我给你,还是给你的翻译?"

"请给我吧。"我手里多了一张卡片,"谢谢。真的很高兴认识你，莎拉。希望你今晚过得愉快。"

"你也是。再见！"她拿着饮料走开了。

"我是乔迪。有个学生在等着和你说话，笑得很甜，他说他认识你，他来了。"

"嗨，你叫什么名字？"我问。

"嘿，我是李青。"

"李青！你好！你进展得如何？"

"我遇到了几个有趣的人，拿了一些新名片。"他的话飞快地冒出来，比上一个打字的人速度快了一倍，"我得说进展不错。你呢？"

"我刚刚和一个叫莎拉的律师聊得很愉快。她向我介绍了他们公司的暑期项目。"

"太棒了！我只是想来打个招呼。我们课上只有几个人参加了这个活动。顺便说一句，前几天我在食堂透过窗户看到你和玛克辛在玩球。看起来很有趣。"

"是的，她很喜欢玩！你也可以找时间和她一起玩。"

"谢谢，那一定很棒。我会给你发邮件。好了，我现在要再去认识些人了。回头见。"

"再见！"

乔迪整晚都在帮助我和人交流。她输入视频和音频描述，然后让我做决定。我认识了很多人，既有还在读法学院的学生，也有律师。

这段经历让我有信心继续扩大自己的社交圈。课前课后，同学们都会在我的键盘上打字；咖啡馆里新认识的人也会在键盘上介绍他们自己；有生以来第一次，我的舞伴可以用简单的方式告诉我他们的名字。很少有人会走开，或者出言不逊。我让玛克辛绕着他们走。大部分人都很体贴、好奇，愿意尝试用一种新的方式进行交谈。熟悉的键盘提供了一个入口，让我得以帮助人们感到舒适，尽管我们之间存在差异。大多数人不懂盲文、手语或残障文化，但相当多的人都知道如何打字。尤其千禧一代，他们往往都有很多通过键盘交谈的经验。这样，键盘就成了茫茫未知海洋中可以抓住的一只救生筏。

不过，探索交流方式只占用了我一小部分时间。我的大部分时间都花在阅读课本、案例和案例笔记上。学校把我的所有资料都转成数字文件发给我，让我在电脑上阅读。可读文件、应用程序和网站也让我得以进行法律研究和论文撰写。越来越多的技术开发人员在设计程序时考虑到辅助性，这增加了残疾学生的学习机会。作为一名 2010 年的学生，我比过去的许多残疾学生拥有更多的学习工具。残疾人权利倡导者多年来一直致力于消除障碍，他们的努力为我这样的学生铺平了道路。

哈佛的老师布置了大量的家庭作业，多到让人望而生畏，但我从初中起就开始培养、在大学期间得到磨炼的工作精神，现在尤其适合我。我紧跟作业进度，确定学习任务的轻重缓急，并向图书管理员、指导员和有经验的学生寻求建议。在期末考试的复习中，黑人法律学生协会和女性法律学生协会都为我提供了指导和学习建议。期末考试非常艰苦，筋疲力尽，很残酷。法学院给我提供了盲文考试，还有一台装有屏幕阅读器和盲文显示器的笔记本电脑，我可以打字和打印答案。我的试卷和其他人一样是匿名批改的。

最后一次考试结束后，我的邮箱里冒出一封邮件，一个不可能的问题折磨着我：想和同学们一起在酒吧庆祝考试结束吗？是的，我想。不，我不想。是。不。酒吧里的桌子和地板都黏糊糊的。酒吧是一个嘈杂的环境，我听不到任何人的声音，也没有人会听到我的声音。

不过，是时候挑战酒吧了。自古以来律师们就喜欢聚在酒吧里。我是说，他们成为律师的最后一次考试就叫作酒吧考试（Bar Exam）[1]！

玛克辛和我从校外的公寓走到法学院，穿过法学院、

---

[1] 这是一个双关。Bar Exam 是"律师考试"的意思，而 bar 本身又可指"酒吧"。

哈佛庭院和哈佛广场,终于走进传奇的约翰·哈佛酿酒厂和啤酒屋。一进门,啤酒和油炸食品的气味就扑面而来。

"向前。"我们走下楼梯。"好姑娘!"她停在楼梯底部,好像在说:"现在该怎么办?"

透过昏暗的灯光,我看到周围有一群人。前面,左边,右边。这些声音融合成一个巨大的混乱的杂音。

一个人走近我,碰了碰我的胳膊。她在跟我说话,但话语渐渐消失在噪声中。

"嗨!"我笑了,"我听不见。我想打开我的键盘。你能帮我找一个我能用的柜台或桌子吗?"

她领着我穿过人群,来到酒吧高高的木头柜台旁。

"谢谢!"我从包里拿出键盘和盲文显示器,打开后把键盘递给她。

"你愿意键入你的名字吗?"

"嘿,我叫珍妮特,你好吗?"

"很好!我很高兴期末考试结束了。"

"我也是。我们成功了!我们活下来了!"

"他们说完成第一学期的学习后,一切都会变得容易些。"坐在酒吧里闲聊让我幸福得眩晕。过去,嘈杂的环境总让我觉得茫然和被孤立。我尽可能地避开这种场合——我没去高中的毕业舞会,也没去大学毕业典礼。现在一切都不同了，人们尊重我和我的键盘。

"你想喝点什么吗？"珍妮特问。

我点头。"柠檬水。"

"好的，我去告诉酒保。李青想跟你打招呼。"珍妮特和酒保聊了几句，然后消失在人群中。

一个高个子走到键盘前。"嘿，我是李青，你的考试怎么样？"

"很难，"我耸耸肩说道，"但我学得也很用功，尽了最大努力了。你呢？"

"合同法这门考试压力很大。我很高兴一切都结束了。我准备回家过节了。是时候离开哈佛法学院一阵子，好好休息一下了。你的饮料在这里，就在你右边。"

我伸出右手，找到了饮料，喝了一口。

"那是柠檬水吗？"他问道。

"是啊。"我扬起眉毛，想知道他是否会取笑我选的饮料。

"不喝酒？你不想庆祝一下吗？"

我微微一笑。"我已经又聋又盲了，我不想又聋，又盲，又醉醺醺的。"

"哈哈哈，太好笑了。好吧，今晚你也该庆祝一下。你还要别的吗？食物？"

我摇摇头。"你能描述一下酒吧吗?"

"当然!酒吧是L形的,我们处于L形较长一边的中间位置。人们坐或站在这个柜台旁,他们看起来都很年轻,可能所有的学生都在这里庆祝考试结束。我觉得我在描写书里的一个场景。"

"是的!假装你是小说家或编剧。"

"哈哈哈。让我看看,还有什么……入口在左边,你和玛克辛一起走下了那个大大的木楼梯。顺便说一句,你们俩进来的时候,大家都对她赞不绝口。"

"别告诉她,"我阴暗地警告他,"她得谦虚点。"

"哈哈,她是完美的。好吧,回到描述:如果你下了楼梯右转,你就到了餐厅,这块区域很大,有桌子和卡座。人满为患。哦,丽莎刚刚告诉我她在等着和你说话。我现在把键盘给她。我们组大约有二十个人在你身后,所以你需要什么都可以问他们当中任何一人。你可以吗?"

"太可以了!"我示意他把键盘递给丽莎。

"太棒了,好的,丽莎来了。"

键盘和盲文显示让酒吧体验良好。整个晚上,我的同学都很感激打字能把他们的声带从嘈杂酒吧里的大喊大叫中解救出来。我的键盘就像是人行道的路边石,对健全的人也大有用处。无障碍设施造福整个社会。

一个高个子在键盘前移动。"嘿，是我。"

"我是谁？"

屏幕上出现了乱七八糟的字母，我的手指在研究这段文字。"什么？"

胡言乱语。

如果眼睛能闪烁，我的眼睛就在闪烁。"这是一个很难回答的问题，很难很难：你到底喝了多少酒？"

胡言乱语。

我坏笑。"我也是这么想的。"

键盘换人了。"嘿，我是尼克，你怎么样？"

我朝尼克旁边的李青做了个手势。"他想说些什么。你能问他想告诉我什么吗？"

尼克转向左边。李青靠在尼克耳边。尼克靠在李青耳边。如此这般好几个来回。然后尼克回到键盘边。"他在问你要不要再来点柠檬水？"

我指着我的杯子。"其实我这杯还没喝完呢。不过他这么做可真好心。"

"他说话含混不清的。"

"我一点也不惊讶。"我乐不可支，"他打字也在胡言乱语。"

"哈哈哈！嘿，如果你有什么想说的，趁我还能打字，赶紧问。"

"也是，你们都在喝酒。啊哦。"我假装担忧。

"顺便说一句，我想玛克辛也在喝酒。"

"什么？！"我跳下高脚凳，手顺着皮绳摸到她柜台下毛茸茸的脑袋。她的鼻子在探测地板上的一个污点。"不！"她把鼻子抬离地板。"好姑娘。"我坐好，转向尼克，"她喝酒是不安全的，她的肝脏很小，不像法学院的学生。"

"哈哈哈，只是洒了点啤酒。如果我再看到她舔地板，我会告诉你的。"

"谢谢！"

"我一会儿就走了。祝你在假期里好好放松，玩得开心。一月份见！"

"你也是。再见！"

"键盘现在在丽莎这里。再见！"

键盘又换人了。"嗨，又是丽莎。我不想显得很无礼，但你为什么不喝酒呢？喝酒没什么不好，我只是想知道是因为残疾吗？"

"残疾人也有喝酒的，不喝只是我个人的选择。"我耸耸肩，举起双手，"我喜欢保留我的精细动作技能。"

"哈哈，有道理。我得在神志不清之前回家了。你回家需要帮助吗？"

"没事，我熟悉这个区域。"

"你确定？"

"是的。"

"好吧，大多数人都走了。李青还在。我能得到一个拥抱吗？"

我们互相拥抱。丽莎回家了。

我伸手去拿杯子。清凉的饮料能舒缓我的喉咙。在嘈杂的环境里聊天喉咙很累。要是我的话也能通过显示器显示出来就好了。或者，如果能在安静的环境里聊天就再好不过了。

"我要出去了，"我告诉李青，"你还好吗？"我把键盘放在他面前。

胡言乱语。

我皱起眉头。"你能回家吗？"

胡言乱语。

我用手指敲着桌子。"是啊，你该回家了。我们一起走吧。来吧，我们走。"我拿起键盘关掉了它。

他的手紧紧抓住键盘不放，我把他的手指掰开，他又伸手去拿。

"好的，等一下。"我打开键盘，放在他面前，"现在打开了。"

胡言乱语。

我笑起来。"抱歉！我根本看不懂你打的字。不过外面安静多了。到外面来跟我说。"我收拾好我的通信系统，穿上外套。

李青坐在吧台上。我站在他旁边，等着。我的手指心不在焉地摩挲着刻在玛克辛皮带上的字：看见之眼。

李青伸手抚摸她。

"玛克辛，准备好走了吗？"我欢快的语气暗示着前面的冒险。她跳起来，尾巴来回扫在我的腿上，摇头晃脑的样子像是在说："走吧，走吧，走吧！"

李青从椅子上艰难地爬下来。

"向前！"玛克辛跳上楼梯。"慢一点。"我向楼梯走去，回头看了看李青。他在我们后面蹒跚而行。"慢点，玛克辛。"我们跟李青步调一致，走上楼梯。玛克辛在门口停了下来。我把门拉开，等李青先过去。

前几天温暖的气温融化了剑桥城街道上容易让人打滑的冰雪。对出来喝酒的学生，比如李青来说，非常幸运。

"你想告诉我什么？"我问。

咕哝，咕哝。

我靠得更近些。"什么？"

咕哝，咕哝。

"抱歉,还是听不见。"我调整了一下包的肩带,"我要走回家,你的宿舍在我回家的路上。你想我们一起走吗?"

咕哝,咕哝。

"跟我来。"玛克辛和我重新就位。"玛克辛,向前。好姑娘!"我们沿着邓斯特街向哈佛广场走去。李青跟在我们后面,边走边喃喃自语。他走成 Z 字形,跌跌撞撞。玛克辛和我放慢速度,以免他跟不上。

人行道变成了露天的哈佛广场。过了一半广场,李青向右转,慢慢朝错误的方向走去。

玛克辛和我赶紧去追他。追上他时,我拽着他的胳膊。"你的宿舍在另一边。"

没有反应。

"玛克辛和我要往左边走。"我指着左边。

"玛克辛?"他问道。

"是啊,玛克辛,你准备好了吗?"她的尾巴甩在我腿上。玛克辛一走,李青也跟着走。我们三个一起穿过了哈佛广场,很快进入了哈佛庭院,一片巨大的草地上点缀着砖结构建筑,四周围着砖墙。几条铺得乱七八糟的小路在院子里纵横交错。玛克辛昂首阔步,选择了正确的小路。

李青慢慢偏离了小路。

"李青!"我在他后面喊道。玛克辛和我又追过去。"如果你抓着我的胳膊,会对你有帮助吗?"我举起他的左手,绕在我的右肘上。

咕哝,咕哝。他的手耷拉在一边。

"你能试着跟我们待在一起吗?跟着玛克辛,好吗?"

咕哝,咕哝。

李青跟着玛克辛穿过哈佛庭院,绕过科学中心,经过兰德尔法律图书馆。玛克辛和我把他安然无恙地送回了宿舍。不过,这是我的计划。

实际上,这才是真正发生的事情:李青跟着玛克辛穿过哈佛庭院,绕过科学中心,沿着兰德尔法律图书馆走。他停下来,跳上图书馆的台阶,然后坐下来。

我惊讶得忍不住大笑起来。凝视台阶上的人影,不知道该怎么办。

这个人挑战了未知——利用技术、翻译和导盲犬开启了与我的对话。现在情况相反,是我踏入了未知的境地。我到底怎么才能把他弄回家?

玛克辛和我走上了台阶。我坐在李青旁边。"嗨,这是哈本和玛克辛。我有个好消息要告诉你。你的期末考试考完了。"

咕哝,咕哝。

"你不必住在图书馆里。"

咕哝，咕哝……

"你离宿舍真的很近，你不想回去吗？"

咕哝，咕哝。

我被难住了——被困在寒风夜晚冰冷坚硬的台阶上。我抚摸着玛克辛，想暖暖双手。李青也在抚摸她。我想到一个主意。

"玛克辛往那边走。来吧。"我站起来，用愉快的声音对玛克辛说。玛克辛和我走下了台阶，但李青仍然坐在台阶上。我等着，希望他能自己走下来。

他嚷嚷着："玛克辛！"

我又大声叫了玛克辛，让李青也能听到："玛克辛，你准备好走了吗？"她摇摆着尾巴，牵引绳也跟着晃动。我和玛克辛向前走。在我们身后，李青终于站起来，踉踉跄跄地走下台阶，走了一小段路程，回到了宿舍。我和玛克辛从另外一个街区走回了我们校外的公寓。

我在法学院的第一学期有许多宝贵的收获，记忆最深刻的就是这一点：远离酒精，以免要护送喝醉的朋友回家。

我是哈佛法学院的第一个聋盲学生。许多像我这样的人都没能进入哈佛。海伦·凯勒申请大学时，哈佛并没有录取她。那时，哈佛只招收男生。海伦的残疾没有阻止她，她的性别也没有阻止她；是哈佛的选择为女性设置了障碍。

哈佛的姐妹学校，拉德克利夫女子学院录取了海伦·凯勒，她于1904年获得了学位。

在哈佛大学成立的头两百多年里，它一直选择将女性排除在外。随着时间的推移，文化也发生了动摇、适应、改变。哈佛最终向女性、有色人种和残疾人敞开了大门。

自从海伦以来，哈佛走过了很长的路。

在哈佛法学院的三年里，我一直在面对挑战。学校并不清楚我需要怎样的住宿环境。我也不清楚——作为一名学法律的聋盲学生，我也是第一次。这是一个交互的过程。我们尝试了不同的方法，一个接一个，直到找到最合适的办法。整个夏天，我获得了宝贵的工作经验——先是在美国教育部的民权办公室，然后在美国平等就业机会委员会。斯卡登基金会授予我两年的奖学金，来资助我的公共服务项目：增加盲人学生获得数字阅读服务的机会。将来我会在加州伯克利的一家公益律所工作，致力于维护残疾人权益。

我们不再需要走过飘雪的寒冬。"玛克辛，你准备好出发了吗？"

第二十三章　给点颜色看看，从法律上讲

佛蒙特州，伯灵顿。2015年冬天。

残疾人维权英雄丹尼尔·戈尔茨坦[1]吸引了整个法庭的注意力。现在是2015年3月3日，我们在佛蒙特州地区法院。丹站在法官威廉·K.塞申斯三世面前的讲台上，领导我们小组的辩论。梅根·西度、格雷格·凯尔、艾米丽·约瑟森、詹姆斯·德威斯和我坐在原告律师席上，分析着我方说出的每一个字。

盲人和非盲人盟友坐在我们身后，聆听一场将决定我们是否能获得书籍的辩论。首席原告海蒂·韦恩斯是一位住在佛蒙特州科尔切斯特的盲人妈妈，她喜欢给四岁的女儿读书。如果我们赢了，海蒂和其他盲人读者将获准访问一家藏有超过四千万册图书和文献的网络图书馆。

1　下文简称为丹。

第二十三章 给点颜色看看，从法律上讲

全国盲人联合会（NFB）是历史最悠久、规模最大的盲人领导组织，每个州都有分会，一共有超过五万名会员。该组织投入大量资源向公众普及有关公共访问性的教育。NFB 的网站提供了一系列和访问信息相关的指导教程和工具。尽管已经存在这么多宝贵信息，无数机构和组织还是选择无视。因此，NFB 雇用了一个律师团队来保护美国盲人的合法权益。

大约一年前，我收到了 NFB 成员的投诉。总部位于旧金山的一家名为 Scribd 的公司建立了一个出版平台和数字图书馆，号称是"世界上最大的电子书和纸质书藏库"。想要在 Scribd 网络图书馆看书的盲人碰了壁。该图书馆平台和屏幕阅读器不兼容，后者是一种将屏幕上的视觉信息转化为数字或语音盲文的软件。

当我将关于 Scribd 的投诉告知 NFB 时，他们非常震惊。Scribd 的行为引发了 NFB 的一致声讨。增加盲人儿童和成人获得阅读资源的机会是 NFB 使命的核心。Scribd 图书馆阻碍了美国盲人受教育和就业的机会，更限制了他们对公共意见的参与。

我们给 Scribd 发了一封信描述了访问障碍，并邀请他们合作解决问题，但没有得到回应。我们重新发了一次，还是没有回应。我们等了又等，自始至终都没有得到回应。

所以，在我二十六岁生日的那个阳光明媚的早晨，我们起诉了他们。

Scribd 的律师要求法庭驳回我们的诉讼。Scribd 辩称，《美国残疾人法案》（ADA）不包括基于互联网的企业。法案第三章规定禁止在公共场所歧视残疾人。Scribd 声称，"场所"一词指的是物理空间，例如餐厅、酒店和电影院这样的空间。Scribd 没有一个向公众开放的物理空间，因此，它不必向盲人开放。

我们团队不同意。强烈地、坚决地不同意。我自告奋勇写了案情摘要，反对 Scribd 的驳回动议。起草这份文件是我法律生涯中最激动人心的时刻之一，几乎和起草对 Scribd 的申诉书时一样。写作就是倡导。写作就是宣传。写作就是力量。我多年来练习议论文写作、法律研究和分析推理的成果都倾注在这篇文章中。文章完成后，我们的首席律师丹·戈尔茨坦称赞这是他见过的最好的摘要之一。

现在，丹站在法庭上陈述我们的案情摘要，并回答法庭的问题。他是个能言善辩的演说家，有几十年为盲人辩护的法律经验。丹相信，盲人只要有合适的工具和训练，就可以和视力正常的人平等竞争。丹本身也有障碍，生活在抑郁和焦虑症中。他成功地为许多年轻的残疾人权利律师指点迷津，包括我自己。

我的翻译把会议记录誊写下来，再用盲文发给我。当我用手指抚摸那些飞驰的圆点时，我感到自己为残疾人权利而战斗的激情澎湃达到了前所未有的巅峰。如果法庭同意Scribd的意见，美国盲人将无法访问拥有超过四千万册书和文献的Scribd网络图书馆。Scribd的胜利甚至可能导致其他科技公司将辅助性访问从他们的议程中移除——这场灾难将扩大数字鸿沟。

问题归根结底为：法律是否将互联网定义为"场所"？

丹：我建议你们关注一下常用语，如果不使用常用语，我们根本无法谈论互联网。我们会访问一个网站。我们不会访问电视台或报纸。我们听或看电视，我们阅读报纸，但我们访问一个网站。当《伯灵顿自由报》告诉那些想知道如何在火灾后帮助重建绿岭俱乐部的人去访问俱乐部网站时，我不认为《伯灵顿自由报》用的"访问"这个词是充满诗意和隐喻的字眼。它用的是我们都能理解的语言。我们谈论的不是网络本身，我们谈论的是网络空间。我们在网络聊天室聊天。我们在脸书（Facebook）的留言墙上发布新闻。我们有电子邮件地址。我们在网络商店购物。阿格斯时代网在2001年就说过，互联网不仅仅是一个场所，更是很多个场所的汇集，我再次重申我不认为他们是在使用隐喻。这就是语言。我们都明白，并且第一次听到就明白的语言。我们也都理解"网站"这个词。那正是基于人们对站点这个词在网络中所处地方的共同理解……

法官： 这可能是通常的意思，但这个论点的问题在于这项法令是在1990年通过的。在法令通过之时，"场所"首先意味着什么，才是问题所在。如果当时国会真的认为需要为ADA设置一个物理属性的门槛，那么他们谈论的一定是互联网以外的东西。他们一定是在谈论某个实体建筑。

丹： 如果真的是这样的话，那么问题又将回到……为什么要在特殊场合放弃使用"场所"这个词呢？他们用"机构"而不是"场所"，他们说"公共设施"而非"公共设施场所"。为什么不在法规的关键标题中使用它？因为"场所"不是一个有效词。它是一个描述性的词。这样或许更好理解：当你试图找到能与这些词并列使用的词汇，比如，"一个面包店、杂货店、服装店、五金店、购物中心，或其他销售或租赁机构"，你必须得说"或其他场所"，或者是"或其他出售或租赁的场所"之类的，这未免太累赘了。他们不是想用"场所"限制什么。他们只是试着——无论是用"场所"还是"机构"——来描述一些东西。当他们一遍又一遍地说"或其他"时，他们只是在用他们所知道的语言来尽量宽泛地描述某些东西。他们知道自己生活在一个科技时代，而科技将影响ADA的运作方式……

这么多年来，我一直致力于维护残疾人权益，如今在这里见证这场意义深远的辩论对我来说很超现实。这些争论一直是我生活的一部分，甚至在2014年我第一次申诉之前，它们就占据了我脑海里的空间。我花了大量时间研究和写笔记，来支持丹现在在法庭上发表的观点。在法学院的最后一年，我写了两篇论文，论述ADA在网络商业中的应用。我在美国教育部和平等就业机会委员会的法律实习，让我有机会研究和起草保护残疾人公民权利的论据。斯卡登基金会也给了我一个机会，利用我的教育来消除盲人学生面前的障碍。在过去一年里，我被卷入了与Scribd的这场没完没了的争论：ADA到底是否涵盖了虚拟的"场所"？

ADA是美国历史上国会通过的最全面的民权法。共和党和民主党携手通过了ADA。共和党总统乔治·H.W.布什于 1990 年 7 月 26 日签署了该法案。反对者立刻开始对 ADA 找碴。辩护律师一直揪住"场所"这个词不放，给他们的当事人创造可以钻空子的漏洞。这些案例为 ADA 不涵盖网站和应用程序开了先例。

无法访问的网站和程序越来越多，造成了信息饥荒。有视觉障碍、阅读障碍和其他印刷物阅读障碍的人因无法获得工作申请、健康报告、政府表格、教育资料以及其他种种原因而面临经济困境。虽然科技有可能消除障碍，但在许多情况下，也会放大并增加障碍。

美国马萨诸塞州地区法院是第一个认定 ADA 涵盖互联网企业的法院。全国聋人协会起诉了网飞（Netflix），因为其未能为在线视频等流媒体服务提供字幕。字幕——屏幕上出现的文本——能够让聋人了解视频的声音内容。网飞辩称 ADA 不涵盖虚拟商业。庞瑟法官不同意这一观点，他裁定 ADA 事实上涵盖了像网飞这样的虚拟商业公司。2012 年网飞的案件标志辅助性倡议进入了一个新的时代。

丹发言结束，Scribd 的律师走上了塞申斯法官面前的讲台。托尼娅·乌埃莱特·克劳斯纳为律所巨擘威尔逊、索西尼、古德里奇和罗萨蒂效劳。托尼娅在律所的纽约办公室工作，为大公司辩护让她在纽约的"超级律师"名单上占有一席之地。除此之外，她也曾在佛蒙特州求学。

Scribd 不仅找到了一位明星律师,还找到了一个本地通。

法官: 你知道庞瑟法官的案子,就是网飞的那个案子是什么情况吗?2012年的,现在上诉了吗?

托尼娅: 没有,网飞庭外和解了。

法官: 好吧。

托尼娅: 很不幸我们没争取到第一巡回上诉法庭的优势。原告辩称,虽然Scribd确实运营设备,并且设备属于设施的定义范畴——如果需要,我可以引用相关数据、法规以及司法部门的原话——但这跟是否运营设备设施无关。如果Scribd属于ADA第三章规定的范畴,那么美国的每一家企业都将被涵盖。这也许是原告所希望的,但这不是法规所说的,也不是条例所说的内容。"场所"必须是一个公共场所,它必须是一个设施,它必须是一个实体,有人运营的设备或建筑,但该设备必须属于——或至少属于ADA列出的十二个类别中的一个。这个论证分为两部分。它必须是一个场所,一个设施,以及它必须属于十二个类别中的一个;而订阅阅读服务,在线出版商,则不属于这些类别中的任何一个。几年来都不属于……

法官: 他们基本上是认为计算机就是设备,也就是设施，并在此基础上提供图书馆服务，因为，我的意思是，你们基本上就是一个线上图书馆，不是吗？

托尼娅：不，它不是一个图书馆。你不能借出书籍，你不能进去细细研读。原告在诉状中称其为订阅服务和在线出版平台。

法官：好吧。

托尼娅：好的。谢谢。

法官：谢谢。好了，非常感谢你们今天的到来，我会慎重考虑你们的意见。

玛克辛跳起来，把我从话语的世界里拉了出来。人们开始收拾东西准备离开，地板和桌子都在震动。我的脉搏仍在加速。我们说服法官了吗？法官会将 Scribd 归类为公共"场所"吗？

我的协办律师梅根转向我开始打字："我们要在'农舍'碰头通气。"

"那个地方不错，我昨天刚在那儿吃过午饭。"

"你想一起去吗？"

"好啊。我用几分钟感谢一下口译员，然后我想去一下洗手间。然后我想让玛克辛也用一下洗手间。"我对她抱歉地笑了笑，"我在餐馆跟你们碰头行吗？"

第二十三章　给点颜色看看，从法律上讲

"当然。慢慢来，我们会给你留座位的。"

感谢和道别花了点时间，半小时之后，我终于离开了法院。我从加州带来的冬衣只够抵御一丝伯灵顿刺骨的寒意。玛克辛在雪地里感受了一下，然后就赶紧跳回人行道上。我右手握着她的皮带，左手挽着我的朋友卡梅伦·拉希的胳膊。我们是在波士顿认识的，当时她正在接受翻译培训。她很善于沟通，走到哪里都能带来欢乐。最近，她陪同我在埃塞俄比亚进行了一场交流，我在那里重点提及了残疾人维权的几次胜利，宣传支持盲人女性读大学的泽哈伊·泽德纪念奖学金。我的中国之行卡梅伦也和我同行，我与残疾人权益的维护者见面，并在中国人民大学法学院做了演讲。卡梅伦现在正在佛蒙特州忙于有关残疾人权利的各项事务。

我们走在伯灵顿的市中心，我转向卡姆[1]。"你知道最后 Scribd 的律师说 Scribd 不是图书馆吗？"

"大概知道。但老实说，哈本，我已经有点记不清了。我只是想尽可能快地打字。"

"你做得很棒！我只是有个关于语气和肢体语言的小问题。最后 Scribd 的律师又一次声明 Scribd 不是个图书馆。

1　卡姆（Cam）是作者对卡梅伦（Cameron）的爱称。

法官回答说：'好的，好吧。'你还记得他的语气吗？是一种怀疑口吻的'好吧'，还是——"

卡梅伦突然紧紧掐住我的胳膊。我的心跳一下子飙到极限。她继续向前走，我默默地走在她身边。

一分钟后，卡梅伦的身体才放松下来。"刚才就是他！"

我倒抽一口气。"法官？"

"是的，他就走在我们前面！"

我的脸变热了。"你觉得他听到了吗？"

"我不知道……我想没有吧。他就走在前面十米左右的人行道上，正好横在我们面前。"

"好吧。"我深吸一口气。

"你之前问我什么？"

我仔细回忆，却发现疑问已经消失了。"我问你法官的语气和面部表情，不过现在我觉得已经不重要了。那几句话已经足够。等他发布裁定意见时，我们就知道他是怎么想的了。"

"离发布还有多久？"卡姆问道。

"没有具体日期，"我耸耸肩，"几个星期到几个月都有可能。"

"好家伙。"

我微微一笑。"是啊。"

第二十三章 给点颜色看看，从法律上讲

两周后，在我温暖的加州办公室里，阳光倾泻进落地窗。玛克辛就躺在窗边，惬意地看着外面伯克利的马丁·路德·金市民中心公园。

一封电子邮件宣告了佛蒙特州地方法院的新动向。塞申斯法官做了裁决！我按捺住怦怦心跳，开始读邮件内容：

美国佛蒙特州地区法院

全国盲人联合会，

代表其成员和自身，

以及海蒂·韦恩斯，

原告，

案例号2:14-CV-162

诉

Scribd公司，

被告。

意见如下：

原告全国盲人联合会（NFB）和居住于佛蒙特州科尔切斯特的NFB成员海蒂·韦恩斯向Scribd公司提起本诉讼。原告的申诉称，Scribd违反了《美国残疾人法案》第三章，《美国法典》第四十二章第

12182条，因为盲人无法访问其网站和移动应用程序。

根据《联邦民事诉讼规则》第12（b）(6)条，Scribd以偏见为依据，已动议驳回对方未能提出索赔的申诉（联邦法院电子档案系统13号案例）。Scribd辩称，原告未指控能证明其拥有、租赁或经营公共场所的事实，因为《美国残疾人法案》不适用于未在向公众开放的物理地点提供其商品或服务的网站运营商。法院不同意。基于以下讨论的理由，法院驳回Scribd的驳回动议。

我从椅子上跳了起来。"玛克辛，我们赢了！"

她抬起头，竖起两只大耳朵。

法院裁定，ADA的确涵盖了基于互联网的企业。否则，其他判决将导致荒谬的结果，比如上门或通过电话提供的服务也将不属于ADA的范围之内。国会在1990年通过ADA，当时许多公司都是通过电话或挨家挨户上门提供服务，国会希望该法案涵盖那些"场所"。法院确认，国会希望ADA的适用范围随着技术的发展不断扩大。"既然互联网在美国人的个人和职业生活中扮演如此重要的角色，那么将残疾人排除在把互联网作为接触公众的主要手段的人群之外，将违背这项重要的民权法立法时的宗旨。"

"全国盲人联合会诉Scribd"案是第一个由第二巡回法庭裁定ADA涵盖线上业务的案例,也是全国第二个案例。我们已经开创了法律先例,也创造了历史。法院的判决将向全国的线上企业发出强烈信号:使网站和应用程序向残障人士开放,否则,呵呵。

辅助性不仅是法律规定,也是一桩好生意。残疾人是最大的少数群体,美国有五千七百多万残疾人,全世界有十三亿多残疾人。在设计时考虑到向这个群体开放的组织得以进入这个巨大的市场。辅助性也为雇主提供了进入重要人才库的机会。

而教软件开发者如何使网站和应用程序便于访问的教程,不仅免费而且很容易找到。《网络内容辅助性指南》《安卓系统辅助性指南》和《苹果系统辅助性指南》只是其中一小部分而已。抛开传统观念,计算机程序的可视性并非与生俱来。计算机程序从0和1的编程开始,开发人员有能力将这些0和1转换成每个人都可以访问的应用程序。

当我继续抚摸玛克辛时,我的大脑列出了我现在需要做的所有事情:与我们的客户分享好消息,起草一份案例更新,和我的团队进行下一步的合作……案件的下一个阶段是显示证据,然后是审判。Scribd 很有可能会选择庭外和解。ADA 案件的被告也往往会在驳回动议失败后选择和解。面对长达数月或数年昂贵诉讼的前景，被告意识到，只要他们选择开放包容，不仅能省下一大笔诉讼费，还能赢得更多客户。我们来看看 Scribd 会何去何从。

但同时，今天的判决结果需要好好庆祝！

第二十四章　白宫《美国残疾人法案》庆典

华盛顿特区。2015年夏天。

"我们现在在东厅里!"卡梅伦和我刚刚踏进白宫里一间宽敞的房间,"看看……有一个带讲坛的小舞台。它前面有总统印章,后面有一面美国国旗。"

"哇哦,总统印章。"我的脉搏加速跳动,"不知道我会不会在这张讲台上发言……"

"哈本·吉尔玛,你紧张吗?"

"怎么可能呢。"我脱口而出,但仔细想想,我确实紧张,但同时也非常兴奋,"你能看到有谁看起来像这里的工作人员吗?"

卡梅伦在扫视整个房间,身体也跟着移动。"右边有两个人在讨论什么事情。其中一人拿着一个写字夹板。"

"写字夹板?白宫真需要技术升级了。"

"你想告诉她吗?"

我笑了。"当然!"

我们穿过房间。卡梅伦帮助我进行交谈。"这位女士说你看起来很眼熟。你是发言人吗?"

我微笑着点点头。"你叫什么名字?"

"我叫莎莉。真的很高兴你能来。如果你有什么需要,尽管告诉我。"

"我能上台看看讲坛吗?"

"你不用担心,我们会有人送你上下台阶。"

我向卡姆做了个手势。"这是卡梅伦,她到时想和我一起上去和下来。"

"对不起,"莎莉说,"事实上,我们不能这么做。我们的人会陪你一起走的。"

我的胃一沉。去哪里都少不了要为自己辩护,在家里是这样,在残疾人权利的活动也是这样。我深吸一口气,重整旗鼓:"我是聋盲人,需要一个能够促进沟通和提供视觉描述的人来帮我。卡梅伦有在各种环境中和我一起工作的经验,从埃塞俄比亚到中国。你的员工是否接受过和聋盲人一起工作的培训?"

"我明白你的意思,但我们得遵守规则。"莎莉解释说。

"哦,是出于安全考虑吗?那他们两个都跟我一起上台可以吗?"

"她无权上台,真的很抱歉。"

我感觉到空气从肺里被挤出去。当我开始绞尽脑汁思考解决方案时,紧张感逐渐增加。时间在一分一秒过去,距离开始的时刻越来越近。

我改变了策略。"这个人在哪儿?也许我可以快速培训一下他们。你能帮我们引介吗?"

"当然,我去找他。"

我们跟着莎莉走进隔壁房间。卡梅伦带我走到一张桌子旁边,这样我就可以把盲文电脑从酸疼的手腕上卸下来了。卡梅伦也把键盘放在这张桌子上。"莎莉在房间的另一头和一个穿着军装的高个子说话。哦,我的天呐,我不知道该说什么,哈本,你还好吗?等等,他们过来了。这是瑞安。我把键盘让给他。"

卡梅伦退后一步,瑞安开始用键盘打字:"嗨!"

感叹号让我微笑。"很高兴见到你,瑞安。看来你已经弄明白这是怎么回事了。键盘通过蓝牙和盲文电脑相连,你键入的每个字都能立刻显示成盲文。不用担心打错字母或标点符号。"

"好的。它会自动纠错?"

"我已经习惯阅读拼写错误了,所以我的大脑会自动纠错。"

"那很厉害。"

"谢谢。"我微笑道,"我们来谈谈带路吧。你主要记住要用你的身体来带领我。有些人会抓住我的胳膊,拉着我走。这样我会不知所措。相反,伸出你的手臂,尊重我的选择。你明白吗?"

"是的。"

"太好了。你一碰我的胳膊,我就知道你的意思了。如果我决定让你带领我,我就会挽住你的手肘上方。你的手肘和肩膀相连,最终和你的核心力量相连。所以当你走路、转弯或停止时,我都能通过你的胳膊感觉到。"

"好的,跟你说一下,上台和下台都要走几级台阶。"瑞安说。

"当你的身体上下移动时,我能感觉到。你也可以通过触碰我的手给我发信号。我会演示给你看。我们能上台练习吗?"

"当然。我要带键盘吗?"

"我来拿吧。"我把键盘放在盲文电脑上,然后拐在右胳膊上。

瑞安挪到我的左边。他比我想象的还要高,我只能挽住他肘部下方一点。他不疾不徐地走向东厅,而不是像通常第一次带领我的人那样慢吞吞地走。"顺便说一句,如果路窄到我们不能并肩走,你可以把你的手臂放到身后。"我轻轻地把他的右臂移到他背后,我也走到他身后。"这样我就知道我们在走单行道。"我拉着他的手臂移回他的右侧。"试着像舞者表达音乐那样来传达周围的环境信息。"瑞安向左转。"没错!"他用左手碰了碰我挽着他胳膊的左手。我的脚感觉到第一级台阶,然后走了上去。过了一会儿,我们就走到了讲台上,我在那里装好了电脑和键盘。"你做得很棒,瑞安,你有什么问题要问我吗?"

"我走在你右边可以吗?"

我疑惑地看了他一眼。"可以……为什么?"

"这样能让观众更容易看到你。"

"哦……"我对他的建议又意外又感动,"你真是太体贴了。好的,我们就这么做。你知道我演讲完之后会走到哪里吗?"

"是的,我们从右边走下台阶,然后你就可以站着听总统讲话了。你想要张椅子吗?"

我微微一笑。"是的,麻烦你了。卡梅伦和迈克尔会把总统的讲话打出来,站着读比较困难。他们也需要椅子。我们能预定三张椅子吗?"

"当然,我会告知工作人员的。"

"太好了。谢谢你,瑞安。我想一切都已经准备好了。

我们走下台吧。"我拿起键盘和电脑，用左胳膊挎着我的技能包，瑞安移到我的右边，和我一起走下了讲台。

卡梅伦和我在靠近门的一张鸡尾酒桌旁碰头。"怎么样？"她问。

"耸耸肩。"我脱口而出，调皮地给了她一个视觉描述，也耸了耸肩，"开玩笑，实际上他做得很棒，真的很体贴。但让他体验一遍的目的只是在于如果发生意外，他们会知道该怎么办。只要一切顺利，我们就会表现很好。但万一有什么奇怪的事情发生……"

"如果我注意到什么事情，我会帮忙的。实在不行我就上台。"

"卡姆！"我被逗笑了，告诉自己她是在开玩笑。

"不然他们能怎么办？"

我紧张地笑起来。"我们最好别知道。"

"瑞安有没有告诉你他是做什么的？"

我摇头表示没有。

"他别了一个徽章，看起来像一双翅膀。"卡梅伦在我手背上画了一个形状，"我不是百分之百肯定，不过我想那是空军的标志。"

"哦……白宫里为什么会有空军？他是执行秘密任务的飞行员吗？我得问问他。"

"太神秘了！问完记得告诉我。"

我点点头。"大家都在干什么？"

"大部分人在楼下的餐会上。拍照，聊天，我看到有坐轮椅、拿手杖的人，还有人在签名……"

"我们去见见他们吧！"

庆祝 ADA 通过二十五周年的活动在白宫举行，来自全国各地的倡导者都汇聚在此，包括埃默里大学的残疾人权利教授罗斯玛丽·嘉兰·汤普森，她也撰写了许多有关残疾政治的文章；还有奥巴马总统的前残疾顾问，克劳迪娅·戈登，她也是第一位成为律师的非裔美国聋人女性；还有艾奥瓦州前参议员汤姆·哈金，他大力支持通过 ADA。和这些了不起的倡导者共聚一堂让我觉得很奇妙。

"嘿，玛利亚！"我给了她一个拥抱。玛利亚·汤恩是奥巴马总统的高级顾问，也是我的一个好朋友。"祝贺你们举办了这么棒的活动。"

"谢谢！我现在没法聊天，但你得去红厅了。"

我笑起来。白宫又下命令了！"好的，待会儿再聊。"

"等等，玛克辛在哪儿？"

"她在家。"内疚刺穿了我的心，"当人们见到我时，谈话往往聚焦在玛克辛身上。正常情况下这没关系，但我有可能会和总统聊上一分钟，我希望那一分钟聊天是关于残疾人权利的，而不是关于狗。"

"这很有趣，我明白你的意思。嘿，对不起，他们在叫我。去红厅吧！"

"我现在就去，再见！"

在红厅，我们发现大约有三十位宾客在等着和总统见面并合影留念。人们要在红厅排队，在蓝厅见总统，然后在东厅等待演讲开始。作为开讲人，他们希望我排最后一个。

卡梅伦和我坐在沙发上，准备长时间的等待。一周前收到邀请时，等待就开始了。然后三天前，白宫邀请我在招待会上为奥巴马总统做介绍——他们给我二十四小时写一分钟的演讲稿。我练习演讲时，朋友们都认真倾听并给了我反馈意见。我的指尖在演讲稿上来回触摸了好多遍，感觉那些话都刻在我手指上了。现在当我们在红厅等待时，这些话语又从我脑海中闪过。

"瓦莱丽说她想打个招呼，"卡姆说，"瓦莱丽·加雷特，她来了。"卡姆站起来，离开了沙发。

瓦莱丽·加雷特担任总统高级顾问，监管公共参与和政府间事务。她在沙发上坐下，把键盘放在膝盖上。"嗨，哈本，很高兴见到你。"

"很高兴见到你，瓦莱丽。非常荣幸能来到这里。我算是新手,但这里的一些倡导者多年来都一直致力于残疾方面的事务,他们的倡导为年轻一代创造了更多机会。"

"是的,今天有很多优秀的倡导者来到这里。我听说你的工作也非常出色。"

"谢谢。"她的和善言辞让我感动,"我侧重于科技方面。很多公司在开发网站和应用程序时都忽略了辅助性,由于缺乏可访问的在线信息,造成了信息饥荒,使残疾人进一步处于不利的位置。我们需要更多的公司意识到 ADA 也涵盖了数字服务领域。"

"我们为你的工作感到骄傲,玛利亚告诉过我们你的努力。"

"玛利亚太棒了。

"是的!感叹号你那里也能显示吗?"

"当然,所有的标点符号都能显示。"我解释了键盘的工作原理。

"如果我打错字怎么办?"

我调皮地冲她一笑。"你?打错字?"

"我在笑!"

坐在她旁边,我能感觉到沙发随着她的笑颤抖。她是真的在笑,说明我们已经跨越了残疾的鸿沟,这让我欣喜。"我的目标是通过工具和自身的能力同人们建立联系。别担心拼写错误,百分之九十五的情况下我知道人们想表达的是什么。"

"谢谢你,哈本。"

"我在想……"我探身过去低声问道,"总统会打字吗?"

"是的,他会打字。不过也许没我打得好。"

我咯咯笑起来。

"你问问他。"

我惊讶得睁大眼睛。"你确定吗?他不会生气吧?"

"完全不会。他喜欢挑战。"

我点点头。"你说得对。我也喜欢挑战。谢谢你提醒我不要不好意思。"

瓦莱丽离开了沙发,卡梅伦坐下来。"是卡姆。当瓦莱丽把键盘递给我的时候,她笑得特别开心。她说'真高兴啊'。"

我的心都融化了。"她真是太善良了。跟她聊过之后,我觉得更有信心了。"

"很好啊,这是你需要的。"

"没错。"

"突发新闻:在你和瓦莱丽说话的时候,莎莉走过来说:'乔·拜登刚刚决定参加这个活动。告诉哈本,让乔·拜登加入她的演讲。'"

我的下巴都快掉下来了。

"我知道你会这样!她说起来倒是轻松。"

我笑得肩膀都在抖动。"好吧,我会把他加进我的演讲。让我安静一会儿,我得理理头绪。"

"当然,我一眼都不会偷看。如果我看到什么有趣的事情,也不会告诉你的。开玩笑啦!别担心,你知道我——"

我把手从电脑上拿开,双臂交叉在胸口。她用胳膊肘推了推我,我又推了推她。然后我忍不住咯咯笑起来。

我靠在沙发上,把演讲在脑子里过了一遍。人们以什么样的顺序念名字?通常人们在念副总统名字之前会先念总统的名字,对吗?请欢迎奥巴马总统和拜登副总统。如果人们一听到奥巴马就开始鼓掌,淹没了我还没来得及说完的句子呢?演讲者通过把声音的重点放在最后,来表示演讲的结束。如果我先介绍奥巴马总统,将不得不更加强调拜登的名字。这样行吗?或者我可以反过来,请欢迎拜登副总统和奥巴马总统。这样我就能更强调总统的名字,方便观众鼓掌。这样没准能行。只要它不违反白宫各种神秘的条条框框或什么秘密礼节就好。

我的手指放回电脑上。"好了,我回来了。我错过了什么吗?"

"乔·拜登来了！他在房间另一边，有一群人围着他。他在微笑、握手，看起来心情很愉快。迈克尔坐在我对面。自从被你粗暴地打断后，我们就一直在聊天！"

"卡姆！"我们又咯咯笑成一团，有她在场我感觉安心和轻松很多，"做好准备，你又要被打断了。把键盘递给迈克尔吧。"

"好吧！"卡姆递过键盘。

我向迈克尔招手示意："你好吗？"我学的手语在这儿派上了用场，不过我还不是很熟练，对我来说比画手语比看手语容易，所以我的聋人朋友们和我对话时大多用键盘打字，而我回答以手语。

迈克尔·斯坦因，在华盛顿特区一家出色的残疾人权利律师事务所工作。他比我早几年从哈佛法学院毕业，也得到了斯卡登奖学金。当我需要一位经验丰富的聋人律师给我建议时，我就会去找他。今天，他将和卡梅伦一起轮流为我输入总统的讲话。

"我很好，"迈克尔说，"卡梅伦告诉你乔·拜登在这儿吗？"

我点头表示肯定。

"你想见见他吗？"

疑虑在我脑中盘旋。他很忙。他没有时间。我没办法挤进人群……但我告诉迈克尔："是的,我想见见他。"

"好的。我来找他。"迈克尔把键盘递给卡梅伦。

"卡姆,"我低声说,"他说他去找乔·拜登!"

"没错。他正往那儿走呢。"

我的心开始怦怦跳。紧张让我的手臂都感到虚弱。

然后我想起了镇定自若、充满自信的瓦莱丽·加雷特,她在我最需要的时候向我提供了最明智的建议。那场谈话留下的印象增强了我的自信心。

卡梅伦打字说:"瑞安问你是否准备好了。"我的眉毛陡然挑起来。"别看我!我只是个传话的。瑞安来了。"

瑞安拿着键盘坐下来。"准备好了吗?"

"也许吧,"我微笑道,"准备好去干吗?"

"我们现在该排队了,去见总统。"

"哦!是的,当然。"我站起来,把盲文电脑从膝盖上拿起来,挎在胳膊上。瑞安领着我向门口走去。我们停下来,等啊,等啊,等啊。"瑞安,你能把键盘给卡梅伦吗?"

"嘿,是卡姆。谢谢你让我拿到了键盘!我刚才一直盯着它,琢磨着怎么才能从特工先生那儿把它偷出来。你问过他他到底是做什么的了吗?"

我咬着嘴唇忍住笑,摇摇头。

"有意思。好吧,如果你了解到任何情况就告诉我。

顺便说一句，我正站在你十一点钟方向的桌子旁。你前面大约还有四个人。我偷瞄了一眼蓝厅，奥巴马在里面！他穿着一身海军蓝色的正装，翻领上别着美国国旗。人们挨个进去见他，还有其他几个人……我的天呐，他做到了！迈克尔把拜登带来了！迈克尔和乔·拜登正站在你面前。迈克尔正在向他解释交流方式。好的，他过来了，副总统乔·拜登！"

拜登一只手拿着键盘，用另一只手打字。他的手指一个接一个敲下键盘，传递了这条信息过来："我爱你。"

慌乱中，我只能随便说些什么。"谢谢！"我把盲文电脑挂在左臂上，向他伸出手，他温暖地握住我的手，一再晃动。二，三，四，五……我们的手像我的思绪一样在空中盘旋，寻找能回答他的最完美的话语。

时间紧迫，需要处理的信息又太多太杂，有时我们脱口而出的话往往词不达意。我想拜登想表达的是同情和欣赏。他被要求在键盘上打字，他输入的文字相当于一个灿烂的微笑。

我深吸一口气，让声音不再颤抖。"非常感谢你。"简单的话语说出了所有我想要表达的想法。

交流又回到了无尽的握手中。六，七，八，九……拜登轻轻地松开我的手，让它落回我的体侧。这不只是一次

第二十四章 白宫《美国残疾人法案》庆典 285

握手而已,这是拜登的祝福。

瑞安轻拍我的胳膊。我们走近蓝厅,我的思绪不断回到拜登。我应该多说一些,有时候越想表达完美越会阻碍谈话。

瑞安在我旁边开始和我们面前的人说话。我清空杂念,消除疑虑。别再怀疑自己了。我要全力以赴,充分展现自己。

瑞安领着我走到一张高桌子旁。当我把盲文电脑放在桌上时,卡梅伦把键盘放在总统面前。"你好,哈本,"他打字,"很高兴见到你。"

我心花怒放。"你好!"我向他伸出一只手,"很高兴见到你。我刚才和瓦莱丽·加雷特聊得很愉快,我们想知道你是否能像她一样快地打字。"

卡姆把手放在我的背上,画出笑的表情。总统笑了!他笑着打字:"她快多了。"

"你也做得很好。"我试着安慰他,"我爸爸只能用两根手指打字。"

"我也是。"

我震惊地看着他。"你用两根手指打字?"

房间里爆发出哄堂大笑。

"我现在打快一点。"他写道。

我站得更直了,手指等待着即将出现的点字。

"我们为你表现出的领导力感到骄傲。你爸爸也一定很骄傲。这次我是在用所有的手指打字。"

"谢谢！我爸爸对我的成就特别骄傲，因为我一直强调辅助性技术带来的好处。"我说话时用一只手做手势，另一只手放在盲文电脑上，以防他决定打断我。他耐心而尊重地听完了我说的话。"科技可以弥合残疾人同正常人之间的差距，随着互联网服务为人们带来更多机会，我们会看到更多残疾人找到工作并获得成功。"

我说完后，他把手放在我阅读盲文的那只手下面。我一流的触觉立刻读出了他的意思。他的手离开桌子，这个手势是在问："我们能拥抱一下吗？"他的拥抱让我觉得很自然，我觉得他跳舞应该跳得很不错。

他带我回到桌子，解释说："我打不出拥抱。"

"比起打出来的字，我更喜欢真正的拥抱。"

卡姆在我的身后画出一个大大的微笑。在我们的谈话中，由于无法触碰到我的手，我也无法感知到对话者的表情，她会一直在我背后向我传递环境信息，使用一种叫作"触觉专家"的身体信号。这是我来不及教特工先生的许多事情之一。

"每个人都在等我们，"总统说，"准备好了吗？"

我微笑。"准备好了！"

第二十四章 白宫《美国残疾人法案》庆典

我们走在一起,总统领着我穿过蓝厅,穿过绿厅,在东厅的门口停下来。当瑞安伸出手臂,我们一起走进了东厅。

他优雅地带领着我,让他的手臂随着步伐摆动。他甚至记得发信号提醒我注意上台阶。我教他的一切,他都学到了;我说的一切,他都听到了。

在讲台上,我花了一些时间定位我的麦克风和盲文电脑。盲文开始在屏幕上滚动:"每个人都在微笑,在注视着你。"迈克尔和卡姆太棒了!他们从蓝厅里冲出来,穿过前厅,绕过观众,打开了第二个键盘。

我把麦克风拉近了一些。"下午好!"

"下午好。"观众回应道。

"我的名字叫哈本·吉尔玛。请允许我分享一个小故事。当我的祖母带着我的哥哥去学校时,他们告诉她,聋盲儿童不能上学。在东非,这是根本不可能的事。后来我的家人搬到了美国,我出生时也是聋盲人,我们对《美国残疾人法案》能提供的机会——在座各位倡导者争取来的机会——感到实在了不起。

"在 2010 年,我作为第一个聋盲学生走进了哈佛法学院。哈佛不知道一个聋盲学生怎么才能成功——"

笑声。

"老实说,我都不知道我怎么才能在哈佛生存下来。"

笑声。

"在得不到答案的情况下,我们率先采用了辅助技术,并抱有高度期望。对于我的祖母来说,我能取得成功就是一个奇迹。但对在座的人来说,我们知道,残疾人的成功并非来自奇迹,而是来自这个国家和《美国残疾人法案》的支持。"

我扫视全场,想起那些走上街头进行抗议的先行者,他们忍受着精疲力尽的静坐,把轮椅绑在公共汽车上,一级级爬上国会大厦的台阶,以各种各样的方式挑战残障歧视。站在这样一群残疾人权利倡导者面前,我再次下定了决心:现在的孩子们必须得到比我更多的机会。

"作为残疾人权利的倡导者,我争取确保残疾人能够充分利用数字世界——互联网服务、在线企业、网站和应用程序。每天我都会被提醒,到目前为止,争取平等的努力还远没有结束。

"现在,我荣幸地向大家介绍两位领导人,他们致力于确保所有美国人都得到他们一直寻求的机会:请欢迎拜登副总统和奥巴马总统!"

人们欢呼鼓掌。我也带着兴奋和激动加入了他们。一只手碰了碰我的右胳膊。是瑞安。我收拾好讲台上的盲文电脑,快步走下了舞台。

"嘿,是迈克尔。你说得太好了!"迈克尔打字。我们坐在离舞台右边一点五米左右的椅子上。

"谢谢。"我打手势说。

"拜登和总统现在在台上。"迈克尔继续打字,"总统:大家好!(掌声)欢迎来到白宫。非常感谢你精彩的介绍,哈本,感谢你努力确保残疾学生也能像你一样接受世界一流的教育。所以请向哈本致以热烈的掌声。"

惊喜和感激之情在我心头涌动。我抬头看向总统,又看向观众席,向所有人传达我的感情。

"在二十五年前的一个阳光明媚的日子——我不知道天气是否像今天这么热——乔治·H.W.布什总统站在南草坪上,宣布了一个新的美国独立日。'随着具有里程碑意义的《美国残疾人法案》在今天签署,'他说,'每一位残疾男性、女性和儿童现在都可以走过曾经关闭的大门,进入一个平等、自由和独立的光明新时代。'

"二十五年后,我们欢聚一堂,庆祝这项开创性的法律(掌声)——以及这项法律带来的一切。多亏了《美国残疾人法案》,构成我们共同生活的地方——学校、工作场所、电影院、法院、公共汽车、棒球场、国家公园——它们真正属于了每一个人。数以百万计的美国残疾人才终于有了机会发展他们的才能,为世界做出他们独特的贡献。多亏了他们,美国才变得更加强大和充满活力;因为《美国残疾人法案》,美国才成为一个更好的国家。(掌声)这就是这项法律所取得的成就。"

总统的讲话出现在一个可视屏幕上,这样聋人听众就可以看到发言文字了。迈克尔看着视频字幕,将内容输入在键盘上。总有一天,人工智能会实时地、准确地将语言转化为盲文。在那之前,我还是需要人帮我转录演讲稿。要找到有助于沟通的、有高超的社交能力和打字技巧的人,实际上还是很困难的。这段时间以来,通过培训,我已经建立了一个小圈子,里面都是像卡梅伦和迈克尔这样,可以在活动中为我提供交流渠道的人。

迈克尔一口气打完整个演讲稿。"(掌声。人们都站起来了。)"

我转向迈克尔,指指我的盲文电脑。如果我站起来,可能会错过什么。一只手拿着设备,另一只手读盲文,不仅慢而且尴尬。把电脑放在腿上意味着我可以坐着用双手阅读。我想在这个重要的庆典上抓住一切信息。每一个字,每一个描述,每一个细节。所以我坐着没动,迈克尔继续描写这个场景:"每个人看起来都很兴奋。有些——"

一只手碰了碰我的左肩。我的身体从十年的交谊舞经验中立刻认出了这个姿势。瑞安的手在问:"想加入吗?"我跳起来,电脑掉在椅子上。我走上两步,带着疑问站在瑞安面前。

我的眼睛突然看到有人向我走来。一个高个子。一个从台上下来的人。总统先生!我伸出手来和他握手。他握住我的手,然后吻了吻我的脸颊。我的心迸发出各种情感:惊讶、喜悦、感激。过了一会儿,乔·拜登也过来亲吻了我的双颊,然后消失在人群中。

我像是在做梦。多么伟大的荣耀,多么美好的礼物。我们的总统通过触碰向我致意,甚至体贴地从说话转为打字,以便和我进行交谈。这一举动燃起了我的希望,希望世界能从可视、可听发展为可视、可听、可触。

我们坐下,我把键盘递给瑞安。"你以前和残疾人打过交道吗?"

"不算有。"

"你太了不起了。谢谢你今天所有的帮助。当我解释如何引导、使用键盘和练习触觉交流时,不是每个人都会听进去。你真的听进去了。"

当他碰到我的肩膀时,我不知道他想表达什么。这悬置的片刻感觉像是一场舞蹈最初的那几分钟。我的耳朵无法分辨出是华尔兹、摇摆舞还是萨尔萨舞。探究未知事物的过程让我兴奋不已。通过倾听整个身体的律动，舞蹈也最终显现出来。只要认真研究，就能掌握未知。

"这绝对是我的荣幸，"瑞安说，"但你才是那个了不起的人。真是一次不可思议的演讲。"

我脸红了。"这是团队努力的成果。"当社群选择包容时，残疾人才会成功。这项活动之所以圆满完成，是因为卡梅伦和迈克尔的才能，玛利亚·汤恩的管理，瓦莱丽·加雷特的智慧，乔·拜登的慷慨，总统的贡献，以及所有ADA倡导者的坚持不懈。残疾不是一个人靠自己就能克服的。我依旧残疾。我依旧聋盲。只有当我们开发出替代技术，当我们的社群选择包容时，残疾人才能成功。

"瑞安，你到底是做什么工作的？"

"我是空军飞行员。"

我点点头。"空军飞行员怎么会在白宫？"

"我们来执行特别任务。"

"特别任务？"

"是的。"

"明白了……"秘密规则。特别任务。白宫以神秘的方式运作。我一天只能解开这么多谜题。我向面前的房间打手势："现在是什么情况？"

"人们基本上打成一片。有些人在这里，有些人在另一个房间,那儿离食物和饮料更近。"

许多细节仍不得而知。比如最近一次谈话的主题,或者附近的人是否看起来有空聊天。我可以坐在这里要求获得更多描述。坐在椅子上阅读这个世界是很容易的。安全,但无聊。比起看别人跳舞,我还是更喜欢自己跳。

"我们去见见人吧。"

后　记

加州，旧金山。2018年秋天。

2015年秋天，振奋人心的消息席卷了整个残疾权利社区：Scribd同意和全国盲人联合会合作，向盲人读者开放Scribd图书馆拥有的四千万册书和文献。

随着和解的达成，我们的诉讼也结束了。和我才华横溢的协办律师一起代表盲人社区打赢这场诉讼，是一项令人难忘的荣誉。我进入哈佛法学院的梦想就是利用ADA诉讼来增加残疾人获得数字信息的机会。这个梦想终于实现了。

Scribd案之后，我的梦想就不再是参与案件诉讼了。诉讼在倡导残疾人权利时至关重要，但我个人并不太适合。许多组织都希望开放无障碍访问，只是朝这个方向发展需要得到帮助。我目前的任务是通过倡导教育，帮助残疾人增加机会。

在 2016 年，我开始了自己的残疾权利咨询、写作和演讲事业。公开演讲是一种强有力的宣传形式，如果做得好，会促使人们采取行动。早在 2004 年，当我和奥克兰天际高中的同学分享马里故事时，就已经开始涉足公共演讲了。"基建"俱乐部要求我们为四个不同的班级做演讲，第一次演讲过程中，我的膝盖一直在颤抖。之后，我陆陆续续收到了学生和老师的反馈。我在下一次演讲中有所改进，然后大获好评。到第十二次演讲时，我的膝盖就不再颤抖了。到这次分享的最后，我给"基建"俱乐部留下的印象之深，以至于他们让我飞到这个国家的另一头，在他们的年会上发表演讲，那是一个不同于我以前经历过的任何活动的大型场合。

一个观众就是一份礼物。我们能提供的最有价值的东西是我们的时间，而尊重这一点的演讲者更有可能与观众产生连接。这些年来，我在各种场合和活动中发表残疾权利演讲——比如苹果全球开发者大会、Dreamforce 大会、谷歌 I/O 大会、西南偏南盛典、巅峰系列论坛、巴尔的摩 TEDx 大会以及世界各地的大学，感动了无数观众。

与人交往可以采取许多不同的形式。最新的科技发展和文化的包容性倾向提高了我们跨越差异建立关系的能力。通过短信和电子邮件，通过社交媒体应用程序，通过文字和故事，通过幽默，通过手语和舞蹈，通过由朋友和口译员组成的出色团队，通过一只"看见之眼"的导盲犬，我都可以和人们产生联系。

一只"看见之眼"的可爱的导盲犬——曾经在新泽西州制造了一场小小的地震，曾跟随我爬上冰山，帮助我从酒吧送朋友回到宿舍，并在哈佛法学院毕业典礼上引导我走过舞台的玛克辛，于2018年4月16日去世了。九年来，人们都称我为玛克辛的妈妈，有些人甚至直接管我叫玛克辛。她的死击碎了我。重拾这些碎片就像徒手捡起玻璃。

玛克辛的去世对我父母也是个沉重的打击。他们一直视她为我的守护天使。即使已经看到我得到总统的认可，每当我旅行时，他们的恐惧仍然有增无减。他们会跪在玛克辛身边，看着她棕色的大眼睛，对她说："照顾好哈本，好吗？"萨巴会喂玛克辛吃英吉拉，一种美味的厄立特里亚面包，尽管我解释了玛克辛的胃很敏感。吉尔玛会偷偷喂她吃厄立特里亚香料牛排。为了感谢玛克辛对我的照顾，他们对她宠爱有加。

玛克辛在十岁时罹患癌症。我想念她滑稽的举动，把我的手从键盘上顶开的长鼻子，对我全心全意的在乎，以及对我们每一次旅行倾注的热情。失去了一个抚摸了九年的、长年累月依偎在我脚边的对象，这让我痛不欲生。玛克辛的回忆将永远留在我的心里，和这本书中。

2018年7月，我回到了"看见之眼"，和一只新的导盲犬迈洛一起训练。他是一只小小的、长着黑色和棕褐色毛皮的德国牧羊犬，带着愉快和自信，带领我们穿梭于全国各地的旅行中。他充满无限活力，轻松自如地在飞机和火车间跳上跳下，他也可以在舞台上明亮的灯光和人群中放松休息，甚至有一次在我的演讲期间打了个盹儿。迈洛甜美可人的个性也深深吸引了我的家人和朋友。他是我认识的唯一一只晚上会抱着填充动物玩具入睡的狗，他像叼奶嘴一样把玩具叼在嘴里。迈洛永远也不会取代玛克辛，但他正是那只能在这个惊奇世界里为我指引方向的狗狗。

好吧，接着是那个阿拉斯加人。戈登和我已经从攀登冰山进阶到攀登门登霍尔冰川上高高的冰墙了。不过，我们已经有好几年没有上去那里了。现在，我们大多在湾区附近徒步旅行，然后以大吃大喝一顿结束每一次出游。戈登学会了做萨巴的 kitcha fitfit。萨巴会从厄立特里亚带什锦香料，其余都可以放心交给他。他们都知道不该要求我做饭。在我外祖母家发生的那件事已经过去很多年了，但我仍然对那头公牛心有余悸。

为残障人士提供更多无障碍访问的简明指南

我们所有人的身体都会随着时间的推移而发生变化。在生活的每个阶段，我们都应得到尊重和机会。大多数人都会在某个时刻需要寻求辅助方案，无论对家人、同事还是自己。残疾是人类经历的一部分，我们都需要参与这项工作，让每个人都能得到帮助。包容是一种选择。

组织为何要投资辅助性服务？

·辅助性能够促进组织发展。残疾人是最大的少数群体。美国有五千七百多万残疾人，全世界有超过十三亿残疾人。达到这样的规模足可以让组织壮大发展，进一步增加社区参与度。

·残疾人可推动创新。残疾人启发了许多我们如今使用的技术发明的灵感，从蔬菜削皮机到电子邮件。选择辅助服务的组织可以受益于残疾人的才能。

·满足法律要求。诉讼既昂贵又耗时，从长远来看，选择辅助服务可节约大量资源。

组织可以做些什么来增加辅助性？

· 进行调查以确定物理、社会和数字障碍。努力消除这些障碍。

· 从一开始就将辅助性纳入规划。在设计一个新的服务或产品时考虑到辅助性，这比在产品或服务创建之后再尝试设置辅助性要容易得多。

· 增加对残疾人的招聘——残疾群体是最大的未开发人才库之一。

· 定期举办残疾人权利培训课程，帮助创建更具包容性的文化。

· 在媒体上宣传积极的残疾故事。

谈论残疾和创作积极的残疾故事

我们在媒体上对残疾经历的描述可以帮助，也可以伤害到残疾群体。积极的残疾形象可以促进社会包容，增加残疾群体的教育、就业机会，促进社会融入。虽然我们不能改变过去，但我们可以通过传递的信息去影响我们的未来。

可传递的积极信息

· 我们尊重和敬佩残疾领导者，就像我们尊重和敬佩非残疾领导者一样。

・我们总能找到替代技术来实现目标和完成任务。这些创造性的解决方案在价值上与主流解决方案相当。

・我们都是相互依存的,当我们彼此支持时,才会走得更远。

要避免的有害信息

・"非残疾人应该庆幸自己没有残疾。"这会固化我们与他们之间的等级制度,持续边缘化残疾群体。

・"成功的残疾人克服了他们的残疾。"当媒体把问题描述为残疾时,社会就不会得到鼓励去改变。最大的障碍不在于个人,而是存在于物理、社会和数字环境中。当社区决定消除数字鸿沟以及态度上和物理上的障碍时,残疾人及残疾人群体才会成功。

・对残疾人扁平化的、单维度的描写。把一个人简化到只凸显残疾的故事,会鼓励潜在的雇主、教师和其他社区成员同样把这个人简化到只凸显出残疾。

・语言受害者化。在描述残疾经历时,避免使用受害者化的语言。例如"她是盲人"是中立的,但"她受失明的折磨"则助长了同情。

・千方百计避免使用"残疾"及相关词汇。像"特殊需要"和"能力不同"这样的语言反而使耻辱永久化。

我们能够清楚地陈述人类的其他特征。我们写"她是一个女孩",而非"她有一个特殊的性别"。我们用来讨论残疾的词汇也应该同样直截了当。对我们之间的差异过分小心翼翼会带来累赘的麻烦。比如,"他是一个使用轮椅的人",和"他使用轮椅"相比,前者显然更复杂。直接说"残疾"及其相关词汇,保持简单。

练习讲故事

·关注残疾人的声音。关于残疾的故事有一种令人不安的模式,即边缘化残疾人的声音,转而关注非残疾父母、老师、朋友等的声音。练习将故事的重点放在残疾人而不是非残疾人的角度上。

·避免假设。许多残疾言论在我们的文化中根深蒂固,以至于人们信以为真。应该使用"失明""部分视力""视力低下""视力困难",还是"盲人"?你应该询问被描述的对象,而不是想当然地假设。

·挑战自己,不要用"激励人心"这个词来写一个残疾故事。过度使用这个词,尤其在那些最微不足道的事情上,已经模糊了它的含义。人们有时甚至用这个词来掩饰同情。例如:"你激励我停止抱怨自己的问题,因为我应该庆幸我没有你的问题。"是我们与他们之间等级制度固化的信息导致了边缘化。避免用"激励人心"这种陈词滥调来吸引受众。

创建无障碍的数字内容

无障碍数字信息拥有更大受众。《网页内容无障碍指南》是一套让残疾人可以访问网站的技术准则。要设计无障碍的移动应用程序，请参阅 iOS 和安卓的开发者无障碍指南。以下是数字内容开发需要记住的几点。

视频

・提供字幕，以便聋人可以访问音频内容。

・提供音频描述，以便盲人能够访问视频内容。音频描述是在对话暂停时插入的关键视觉信息的口头旁白。

・提供包括关键视觉描述的文字稿，对聋盲受众特别有帮助。

播客和广播

・提供文字稿，确保聋人受众可以访问。

图像

・在图像旁边提供描述。图像描述应传达关键的视觉信息。

文章

・文章的文本应该是机器可读的。机器可读的文本可以被盲人受众用软件读取并转换成语音或数字盲文。

资源

- 残疾人权利律师协会，disabilitirights-law.org
- 残疾可视项目，disabilityvisibilityproject.com
- 哈本·吉尔玛，habengirma.com
- 帮助教育促进聋人权利（HEARD），behearddc.org
- 海伦·凯勒服务中心，helenkeller.org
- 可知性，knowbility.org
- 全国聋人协会，nad.org
- 全国残疾人剧院，nationaldisabilitytheature.org
- 全国盲人联合会，nfb.org
- 迈尔斯无障碍技能培训，blindmast.com
- 旧金山灯塔书店（为盲人及视力衰弱者设立），lighthouse-sf.org
- 触觉交流，tactilecommunications.org

关于作者

哈本·吉尔玛是一位残疾人权利律师、作家和演说家。哈本是第一个从哈佛法学院毕业的聋盲人士，她倡导残疾人机会平等。奥巴马曾授予她"白宫变革领袖"的称号。她获得"海伦·凯勒成就奖"，成为福布斯"三十岁以下三十位杰出人士"之一。美国前总统克林顿、加拿大总理特鲁多和德国前总理默克尔也对哈本表示敬意。哈本结合了她在法律、社会学和技术方面的知识，向组织宣导完全无障碍性产品和服务的优势。她的洞察力有助于拓展我们的思维，在人们和社区之间创造持久、积极的变化。她的作品曾发表在英国《金融时报》、英国广播公司（BBC）、美国国家公共电台（NPR）、*GOOD*杂志、《华盛顿邮报》（*Washington Post*）等媒体上。

哈本出生并成长于旧金山湾区，目前也居住在这里。她在自己的网站、邮件列表和社交媒体上分享她的最新动向、照片和视频。

网站：habengirma.com

邮件列表：habengirma.com/get-email-updates/

Meta：www.facebook.com/habengirma

推特：@HabenGirma

Instagram:@HabenGirma

LinkedIn:@HabenGirma

致谢

健全中心主义一直在困扰着残疾人，使排斥残疾在世界范围内成为常态。在美国，很少有盲人学生能持续使用盲文，只有大约百分之十的学生有机会接受盲文教学。无数的学校选择与家长争斗而不是配合残疾学生，许多雇主拒绝消除工作场所的障碍。在这种背景下，我一生经历的包容程度令人震惊。在我成长的奥克兰和伯克利，蓬勃发展的残疾人权利社区让我得以结识残疾人和非残疾人的楷模，他们为我扫除了障碍，教我如何在成长过程中捍卫自己的权益。我向我的老师、雇主、支持者、朋友和所有其他社区成员致以最深切的谢意，他们发现并扫除了我一生中遇到的障碍。我希望有朝一日，我体验过的无障碍性将不再那么令人震惊，而每一个残疾人，从儿童到老人，都能生活在一个无障碍的世界里。

我从2017年开始写作这本书。我的文学代理人简·德斯特尔在整个过程中为我提供了宝贵的智慧和指引。她向我介绍了发行机构"十二书"，肖恩·戴斯蒙德和瑞秋·坎伯利以他们专业的编辑水准、耐心和无限的热情支持了这本书的出版。感谢你们为这本书付出的努力，肖恩、瑞秋和"十二书"的其他所有人，包括贝基·缅因斯、布莱恩·麦克伦登、杰洛德·泰勒、保罗·萨缪尔森、瑞秋·莫兰和雅思敏·马修。

我家人对我唯有爱和祝福，没有他们就不会有这些故事。感谢萨巴、吉尔玛、TT（约翰娜）、穆希、阿维特，还有我两边的祖父母、姨妈、叔叔和堂兄弟姐妹。也谢谢你，戈登。

感谢我所有的读者。你的时间是一份礼物，我很感动你选择来读我的书。我要特别感谢我最早的读者：爱普莉尔·威尔逊、凯特琳·凯尔南德斯、丹妮尔·弗兰普敦、丹尼尔·戈尔茨坦、大卫·文森特·基梅尔、丽莎·菲利斯、莉扎·戈什、马沙尔·瓦卡尔、努努·齐达内、奥杜诺拉·奥杰乌米和扎卡里·肖尔。我还要感谢斯坦福大学的历史学家伊萨亚斯·斯特法马里亚姆，感谢他耐心而慷慨地回答我有关厄立特里亚历史的问题。

这本书是一本非虚构创意作品，这些故事描述了我记忆最为深刻的事件。在我记忆不足的地方，我重新创造了一些小细节和对话，一些名字和有辨识度的细节也经过改动以保护个人隐私。我使用了例如压缩时间这样的文学技巧，让故事变得顺畅。这不是一本建议书，如果你以我为榜样，你需要自己承担风险。书中描述的一些活动非常危险，包括攀登冰山和尝试未知的自助餐厅食物。在外面还是要注意安全！